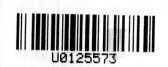

我亲自体会到了古典诗词里面美好、高洁的世界。
我希望能为年轻人打开一扇门，
让大家走进去，把不懂诗的人接引到里面来。
岁月不居，时节如流，
只有内在的精神和文化方面的美，才是永恒的。

——叶嘉莹

一蓑烟雨任平生——苏轼词·上

叶嘉莹/主编　陆有富/注

台海出版社

目录

小词余力开新境，千古豪苏擅胜场

苏轼词·上

版本说明

龙榆生《东坡乐府笺》依傅幹《注坡词》残本和朱彊村编年本《东坡乐府》重新排比笺释写定。本书选词以龙榆生《东坡乐府笺》（下称“龙校本”）为底本，不录校记，共选词202首。龙校本编年有误或未编年词则引用他说修订补充，列于题解之下；部分存疑词、互见词亦在题解下做简单说明，以供读者参考甄别。

本书为诗词普及读物，在词作下分题解、注释两部分，参考了傅幹而下的众家著述，倘能起到以手指月之效，则幸甚乐甚。题解部分尽量介绍词的创作时间、创作地点和背景，为读者理解、欣赏词作提供了必要的依据和线索。注释包括几大功能：对难读字词注音；为疑难字词以及人名、地名、制度、官职等专有名词释义；指出所用典故及原始出处等。既方便读者理解诗词，又能帮助读者储备一定的文史知识。

本书在编年注释过程中主要参考的书籍有：《傅幹注坡词》（傅幹注，巴蜀书社1993年版，下称“傅注”）、《全宋词》（唐圭璋编纂，中华书局1999年版）、《东坡词》（曹树铭校编，香港万有图书公司1968年版，下称“曹本”）、《东坡乐府编年笺注》（石声淮、唐玲玲笺注，华中师范大学出版社1990年版）、《东坡词编年笺证》（薛瑞生笺证，三秦出版社1998年版，下称“薛本”）、《苏轼词编年校注》（邹同庆、王宗堂校注，中华书局 2007 年版，下称“邹王本”）、《苏轼词新释辑评》（朱靖华、饶学刚、王文龙、饶晓明编著，中国书店 2007 年版）、《苏轼词全集汇校汇注汇评》（谭新红编著，崇文书局 2015 年版）、《苏文忠公诗编注集成总案》（王文诰撰，巴蜀书社 1985 年版，下称“苏诗总案”）、《施顾注苏轼诗集》（彭文良辑校，人民出版社 2022 年版）、《苏轼年谱》（孔凡礼著，中华书局 2005 年版，下称“孔谱”）等。此外还参考了《诗词曲语辞汇释》（张相著，中华书局 1959 年版）、《诗词曲语辞例释》（王锳著，中华书局 1980 年版）等著述。本书编纂注释过程中，错漏之处在所难免，恳请方家不吝赐正。

人有悲欢离合，
月有阴晴圆缺。

苏轼词·上

小词余力开新境，千古豪苏擅胜场

一

揽辔登车慕范滂，神人姑射仰蒙庄。

小词余力开新境，千古豪苏擅胜场。

在《宋史》苏轼的传记中，开端就记载了他早年时代的两则故事。一则是说，当他十岁时，“父洵游学四方，母程氏亲授以书，闻古今成败，辄能语其要。程氏读东汉《范滂传》，慨然太息。轼请曰：‘轼若为滂，母许之否乎？’程氏曰：‘汝能为滂，吾顾不能为滂母邪？’”又一则则是说他长大之后，“既而读《庄子》，叹曰：‘吾昔有见，口未能言，今见是书，得吾心矣。’”此二则故事，本来都出于苏轼之弟辙为他所写的《墓志铭》中，这两段叙述，可以说是极为扼要地表现了苏轼之性格中的两种主要的特质。一种是如同东汉桓帝时受命为清诏使，登车揽辔，遂慨然有澄清天下之志的范滂一样，想要奋发有为，愿以天下为己任，虽遇艰危而不悔的用世之志意；另一种则是如同写有《逍遥游》和《齐物论》中之“大浸稽天而不溺，大旱金石流而不伤”的“姑射神人”与“栩栩然”超然物化的“梦中蝴蝶”之寓言的庄子一样的，不为外物之得失荣辱所累的超然旷观的精神。

记得以前我们在论柳永词的时候，曾经述及柳永之平生，以为柳氏乃是在用世之志意与浪漫之性格的冲突矛盾中，一生落拓，而最后终陷入于志意与感情两俱落空之下场的悲剧人物；然而苏轼则是一个把儒家用世之志意与道家旷观之精神，做了极圆满之融合，虽在困穷斥逐之中，也未尝迷失彷徨，而终于完成了一己的人生之目标与持守的成功的人物。苏氏一生所留下的著述极多，他的天才既高，兴趣又广，各体作品都有杰出的成就。其中所保留的三百余首小词，在他的全集中所占的比例并不大，此在东坡而言，可以说仅是余力为之的遣兴之作而已。然而就在这一部分余力为之的数量不多的小词中，却非常有代表性地表现了他的用世之志意与旷观之襟怀相结合而形成的一种极可注意的特有的品质和风貌，为小词之写作，开拓出了一片广阔而高远的新天地。这种成就是极值得我们注意而加以分析的。

本来，早在我们论欧阳修词的时候，就提出来说过，北宋的一些名臣，既往往于其文章德业以外，有时也耽溺于小词之写作，而且在小词之写作中，更往往于无意间流露出其学养与襟抱之境界。这种情形，原是自歌词流入文士之手，因而乃逐渐趋于诗化的一种自然之现象。在此一演变之过程中，早期之作如大晏及欧阳之小词，虽然也蕴含有发自于其性情襟抱的一种深远幽微之意境，但自外表看来，则其所写者，却仍只不过是些伤春怨别的情词，与五代时《花间集》中的艳歌之词，并没有什么明显的区分。一直到了苏氏的出现，才开始用这种合乐而歌的词的形式，来正式抒写自己的怀抱志意，使词之诗化达到了一种高峰的成就。这种成就是作者个人杰出之才识与当时之文学趋势及社会背景相汇聚而后完成的一种极可贵的结合。如果说晏、欧词中所流露的作者之性情襟抱，其诗化之趋势原是无意的，那么在苏轼词中所表现的性情襟抱，则已经是带着一种有意的想要开拓创新的觉醒了。

苏氏在给鲜于子骏（侁）的一封信中，就曾经明白提出来说："近却颇作小词，虽无柳七郎风味，亦自是一家。"（见《东坡续集》卷五《书简》）其有心要在当日流行的词风以外自拓新境的口气，乃是一望可知的。如果我们想要对苏轼在词的写作方面，从开始尝试到终于有了自成一家之信心的过程一加考查，我们就会发现他的这一段创作历程，大约是从熙宁五年（1072）到元丰二年（1079）之间的事。在苏轼的早期作品中，似乎并没有写词的记录。苏轼抵杭州任在熙宁四年（1071）冬，而据朱疆村编年龙榆生校笺之《东坡乐府笺》，其最早之词作乃是在次年春以后所写的《南歌子》《行香子》及《临江仙》等一些游赏山水的短调小令。至于其长调之作，则首见于熙宁七年（1074）秋移知密州时所写的一首《沁园春·赴密州，早行，马上寄子由》。自兹而后，其词作之数量既日益增多，风格亦日益成熟。其在密州与徐州之所作，如《江城子·乙卯正月二十日夜记梦》的一首悼亡词，及另一首《江城子·密州出猎》词，和《水调歌头·丙辰中秋欢饮达旦，大醉，作此篇，兼怀子由》词，与《浣溪沙·徐门石潭谢雨道上作》五首叙写农村的词。仅只从这些作品在词之牌调后面各自附有种种不同的标题来看，我们便已经可以清楚地见到苏轼之想要以诗为词的写作的意念，以及其无意不可入词的写作之能力，都已经得到了很好的实践的证明。他给鲜于子骏的那封信，就正是他对自己此一阶段之词作已经达成了某一种开拓的充满自信的表示。经历了此一阶段的由尝试而开拓的创作的实践，苏轼的诗化的词遂进入了一种更纯熟的境界，而终于在他贬官黄州以后，达到了他自己之词作的质量的高峰。

而在此高峰中，有一点最可注意的成就，那就是苏轼已经能够极自然地用小词抒写襟抱，把自己平生性格中所禀有的两种不同的特质——用世之志意与旷观之襟怀，做了非常圆满的结合融汇的表现。即如其“莫听穿林打叶声”之一首《定风波》词、“照野弥弥浅浪”之一首《西江月》词、“大江东去”之一首《念奴娇》词、“夜饮东坡醒复醉”之一首《临江仙》词，以至将要离黄移汝时，他所写的“归去来兮”之一首《满庭芳》词，便都可以说是表现了此种独特之意境的代表作品。

经过前一节的概述，我们对于苏轼在小词方面由初期之尝试而逐渐开拓的发展，以及后期之能成功地使用此一形式来表达自己的性情襟抱中的某些主要的特质，从而形成了自己独特之意境与风格的过程，可以说已经有了简单的认识。下面我们便将对于促使其如此发展的某些外在与内在之因素略加分析。如我们在前文所言，世所流传的苏轼的词作，是从神宗熙宁五年他出官杭州以后才开始的。那时的苏轼已经有三十七岁。关于此一情形，可以引起我们两点疑问：其一是苏轼早年是否对于词之写作全无兴趣？其二是如果有兴趣，又何以晚到将近四十岁才开始着手于词之写作？关于此二问题，我们可以从苏氏全集的其他作品中，找到一些答案。

苏轼在黄州时曾经给其族兄子明写过一封信（见《东坡续集》卷五《书简》)，其中曾提到说："记得应举时，见兄能讴歌，甚妙。弟虽不会，然常令人唱为何词。"（按此句原文如此，苏轼之意，盖谓自己虽不能歌，然常令人唱为任何歌词而听之也。）从这段叙述，可见苏轼盖早在赴汴京应举的时候，就已经对当时流行传唱的歌词有了兴趣。本来以像苏轼这样多才而富于情趣的一位诗人，来到当日遍地歌楼酒肆、到处按管弹弦的繁华的汴京，若说他竟然完全不被这种流行的乐曲和歌词所引动，那才是一件绝不可能的事。所以苏轼在其与友人的书信及谈话中，都曾多次提到当时作曲的名家柳永，这便是苏轼也曾留意于当日传唱之歌词的最好的证明。

不过，值得注意的是，苏轼在当时却并未曾立即致力于词的写作，我以为那是因为当日的苏轼还正是一个满怀大志的青年，初应贡举，便获高第，而且得到了当日望重一时的名臣欧阳修的不同寻常的知赏，因此当日之苏轼所致力去撰写的，乃是关系于国家治乱安危之大计的《思治论》和《应诏集》那些为朝廷谋深虑远的《策略》等论著。在这种情形下，他当然无暇措意于小词之写作。如此一直延续到神宗熙宁四年，虽然其间苏轼曾经先后因母丧及父丧两度返回眉山守制家居，而且当其再度还朝时，神宗已经任用王安石开始变行新法，但苏轼之慨然以天下为己任的心志则仍未改变。他既先后给神宗写了《议学校贡举状》和《谏买浙灯状》等疏状，更陆续写了两篇长达万字以上的《上皇帝书》和《再上皇帝书》，因此遂招致忌恨，有御史诬奏其过失（见苏轼墓志铭），乃请求外放，通判杭州。而苏轼致力于小词之写作，就正是从他到达杭州之后开始的。我认为此一开始作词之年代与地点，对于研究苏轼词而言，实在极值得注意。因为由此一年代，我们乃可以推知，苏轼之开始致力于词之写作，原来正是当他的“以天下为己任”之志意受到打击挫折后方才开始的。就地点而言，杭州附近美丽的山水，正是引发起他写词之意兴的另一因素。

本来，如我们在前文所言，“用世之志意”与“旷观之襟怀”原是苏轼在天性中所禀赋的两种主要特质。前者为其欲有所作为时用以立身之正途，后者则为其不能有所作为时用以自慰之妙理。苏轼之开始写词，既是在其用世之志意受到挫折以后，则其发展之趋势之终必形成以旷观为主之意境与风格，就原是一种必然之结果。只不过当他在杭州初开始写词时，尚未能纯熟地表现出这种意境与风格的特色，而仍只是在一种尝试的阶段。由杭州时期所写的一些令词，到他转赴密州时所写的《早行，马上寄子由》的一首长词《沁园春》，苏轼都还免不了有一些学习模仿和受到别人影响的痕迹，而其中最值得一提的，则是欧阳修和柳永。原来早在我们写《论欧阳修词》一篇文稿时，在结尾之处便已经引过冯煦之《蒿庵论词》的话，说欧词“疏隽开子瞻”。盖欧词之特质，固正如我们在以前之所论述，原在于其具有一份遣玩之意兴，而且欲以之作为遭遇挫折忧患后之一种排解之力量。而苏轼早期在杭州通判任内所写的一些游赏山水的令词，其性质便与欧词的此一种意境及风格甚为相近。盖欧、苏二人皆能具有古代儒家所重视的善处穷通之际的一种自持的修养，不肯因遭遇忧患而便陷入于愁苦哀伤，如此就必须常保持一种可以放得开的豁达的心胸，而在作品中，便也自然形成了一种比较疏放的气势。而这也正是冯煦所说的“疏隽”的特色，而由此更开拓出去的苏轼，他在不以穷通介怀的修养方面，既与欧公有相近之处，而且在早年应举时，又曾特蒙欧公之知赏，而欧公原来本极喜欢写制小词付之吟唱，是以苏轼必曾对欧阳修之词，留有深刻之印象，此在苏轼之词作中，固曾屡屡及之。即如其《西江月》（三过平山堂下）一首，其所咏之平山堂既原为欧公当日之所修建，而其词中之所谓“仍歌杨柳春风”一句，更指的就是欧阳修当年写的《朝中措》（平山栏槛倚晴空）一首中的“手种堂前垂柳，别来几度春风”的词句；再如苏轼的《木兰花令》（霜余已失长淮阔）一首，更是在题目中便已经注明是“次欧公西湖韵”，而其中所写的“佳人犹唱醉翁词”，也指的就正是欧阳修当年所写的《玉楼春》（西湖南北烟波阔）一首歌咏颍州西湖的词句。（按《玉楼春》即《木兰花令》，为同调之异名。）

从这些例证，我们不仅可以见到苏词之曾受有欧词之影响，而且还可以见到这种影响之作用，主要可以归纳为两点特质：一点即是如欧阳修在《朝中措》一词中所表现的“平山栏槛倚晴空，山色有无中”之疏放高远的气度；另一点则是如欧阳修在《玉楼春》一词中，所表现的“西湖南北烟波阔，风里丝簧声韵咽”之遣玩游赏的意兴。而苏轼早期所写的一些游赏山水的令词，就正表现了他所受到的这两点影响的痕迹。即如其熙宁五年在城外游春所写的“昨日出东城，试探春情”的一首《浪淘沙》词，其所表现的主要便是一种游赏遣玩的意兴。而其熙宁六年（1073）过七里濑所写的“一叶舟轻，双桨鸿惊，水天清、影湛波平”的一首《行香子》词，则其所表现的又隐然有一种疏放的气度。而以上这两类风格，便恰好正代表了苏轼得之于欧阳修的两点主要的影响。

不过，苏轼之性格又与欧阳修毕竟有所不同，欧之放往往仅是借外景为遣玩的一种情绪方面的疏放，而苏之放则往往是具有一种哲理之妙悟式的发自内心襟怀方面的旷放。所以，欧词之内容仍大多只是以写景抒情为主，而极少写及哲理或直抒怀抱之句，而苏词则于写景抒情之外，更往往直言哲理或直写襟怀。即如其《行香子》（一叶舟轻）一首下半阕所写的“君臣一梦，今古空名”数句，及《虞美人》（湖山信是东南美）一首下半阕所写的“夜阑风静欲归时，惟有一江明月碧琉璃”数句，前者是哲理性的叙述，后者则隐然喻现了一种开阔的襟怀。像这两种意境，便不仅是欧阳修词中所少见的，也是《花间词》以来五代、宋初各家词作中所少见的。所以苏氏早期的词，虽然也流露有曾受过欧词影响的痕迹，然而却同时也已经表现了将要从欧词之“疏隽”，发展开拓出另一条更为开阔博大之途径的趋向。以上可以说是从早期的苏词中所可见到的欧词对苏词之影响，以及二人间之继承与开拓的关系。

下面我们便将对柳永词及苏轼词之间的关系，也略加探讨。我们以前在论说柳永词的时候，本来也曾提到过苏轼对柳词之特别注意，以及苏轼对柳词之两种不同的评价。根据苏轼自己的作品和宋人笔记中的一些记述来看，苏轼对当时词人作品的关心和论评，实在以有关柳永的记述为最多，而且往往欲以自己之所作来与柳词相比较。即如我们在前文所引苏轼在《与鲜于子骏书》中所说的“虽无柳七郎风味，亦自是一家”的话，其欲以自己之词作与柳词相比较的口吻，就是显然可见的。再如我们以前在《论柳永词》一文所举引的宋人笔记的记述，说苏轼在玉堂之日，曾问幕士自己之所作比柳词何如的故事（见俞文豹撰《吹剑续录》)。这些记述都表现出苏轼对于柳永的词，实在非常重视，所以才斤斤欲以自己之所作与柳词相比较。

至于苏轼对柳永之评价，则可以分别为正反两种不同的意见。先从反面的观点来看，即如《词林纪事》卷六引《高斋诗话》所记载的秦观自会稽入京见苏轼，苏轼举秦之《满庭芳》（山抹微云）一首中之“销魂，当此际”数语，以为秦氏学柳七作词，而语含讥讽之意。从这些记述来看，都可见到苏轼对于柳词的某些风格，是确实有不满之处的。可是值得注意的是，另一方面则苏轼对柳永之词却也曾备至赞扬。我们在《论柳永词》一文中，便曾经引述过赵令畤之《侯鲭录》、吴曾之《能改斋漫录》及胡仔之《苕溪渔隐丛话》所转引之《复堂漫录》等诸宋人之记述，皆谓苏轼曾称美柳词《八声甘州》（对潇潇暮雨洒江天）一首中之“渐霜风凄紧，关河冷落，残照当楼”数句，以为其“不减唐人高处”。总结以上之记述，我们可以把苏轼对柳词之态度，简单归纳为以下三点：其一是对柳词极为重视，将之视为相互比并的对手；其二则是对柳词中的淫靡之作也表现了鄙薄和不满；其三则是对柳词中之兴象高远之特色，则又有独到的赏识。基于此种复杂的态度，因此柳词与苏词之间，就产生了一种颇不容易为人所体会的微妙的关系。

首先就苏轼对柳词之重视而言，当仁宗嘉祐二年（1057），苏轼初来汴京应举之时，盖正为柳词盛行于世到处传唱之际，此种情形必曾予青年之苏轼以极深刻之印象。因此当苏轼后来也着手写词之时，他所写的第一首长调《赴密州，早行，马上寄子由》的《沁园春》词，就留下了明显的曾受柳词影响的痕迹。即如该词上半阕所写的“孤馆灯青，野店鸡号，旅枕梦残。渐月华收练，晨霜耿耿，云山摛锦，朝露团团”数句，便与柳永的羁旅行役之词中铺叙景物的手法和风格，甚为相近。这种情形，无论其出于有心之模仿，或无心之影响，我以为都是一种可以谅解的极自然的现象。因为一般说来，由写诗而转入写词之尝试的作者，习惯上往往多是先从小令开始，即使高才如苏轼者，对此也并非例外。此盖由于小令之声律与近体诗较为接近，习惯于写诗之人，对小令之声律便也更易于掌握。所以苏轼最早所写的词作，原来也是与欧阳修之疏隽的风格相接近的、表现有高远疏放之气度和游赏遣玩之意兴的令词。及至他后来要尝试长调慢词之写作，而慢词之声律及铺排既迥然不同于近体诗和短小的令词，如此则在未能熟练地掌握慢词之特色与手法之际，若想找一个足资参考借鉴的作者，则苏轼所熟悉的一位曾予他以极深之印象的慢词的作者，当然就是柳永。所以他的第一首长调的《沁园春》词，就不免流露了柳词之影响的痕迹。

不过以苏轼之高才，自非柳永之所能局限，何况以他的旷逸之天性，对柳永的一些淫靡鄙俗之作本来就有所不满，因此他遂又想致力于变革柳词之风气而独辟蹊径，自成一家。在这种开径创新的拓展中，苏词之最值得人注意的一点特色，就是其气象之博大开阔，善写高远之景色，而充满感发之力量。即如其《赤壁怀古》一首《念奴娇》词开端之“大江东去，浪淘尽、千古风流人物”数句及《黄州快哉亭》一首《水调歌头》词开端之“落日绣帘卷，亭下水连空”数句，以及《寄参寥子》一首《八声甘州》词开端之“有情风万里卷潮来，无情送潮归”数句，凡此之类，盖皆有如前人评苏词之所谓“逸怀浩气，超然乎尘垢之外”，大有“使人登高望远，举首高歌”之意味。故后人往往称苏调为“豪苏”，而称柳词为“腻柳”，以表示二人之风格之迥然相异，而殊不知二人风格虽异，但苏词中此等兴象高远之笔致，却原来很可能正是有得之于柳词之启发和灵感。苏轼之赞美柳永的《八声甘州》（对潇潇暮雨洒江天）一首词，举出其中的“渐霜风凄紧，关河冷落，残照当楼”数句，以为其“不减唐人高处”，就正是对此中消息的一点泄漏。因为柳词这几句的好处，原来就正在于其所写的景象之高远和富于感发之力量。而这也就正是苏词对之称赏有得之处。

而且柳词中表现有此一类气象与意境之作，还不仅限于此词之此数句而已。即如以前我们在《论柳永词》一文中，所曾举引过的《雪梅香》（景萧索，危楼独立面晴空）一首、《曲玉管》（陇首云飞，江边日晚）一首及《玉蝴蝶》（望处雨收云断）一首，这些词便也都是极富于此种高远之兴象的作品。盖柳词中虽然有不少为乐工歌伎而写的淫靡之作，但另外却也有不少极富于高远之兴象，表现了一己才人失志之悲慨的作品。所以柳词中可以说本来就含有两类不同性质的作品，苏轼所鄙视的是柳永前一类作品，而其所称赏者，则是柳永的后一类作品，只不过柳词常把这种兴象高远的秋士之慨，与缠绵柔婉的儿女之情结合在一起来抒写，因此遂往往使一般人忘其高远而只见其淫靡了。而苏轼则具有特别过人的眼光，见到了柳词中这一类意境之“不减唐人高处”。此种赏鉴之能力，一方面固然由于苏轼之高才卓识果有过人之处，另一方面也由于此种高远之气象与苏轼开阔超旷之天性也原有相近之处的缘故。但同时此种天性却又正是促使苏轼的词向着另一条途径发展，终于形成了与柳词全然相异之另一风格的主要因素。此种关系，看似微妙，但却也并不难于理解。盖正如上文论及欧词与苏词关系时之所言，欧词与苏词的同中有异，其故乃在于欧词之放，仅为借外景遣玩时情绪之疏放，而苏词之放，则为发自内心襟怀的具有哲理意味的旷放。是则造成欧、苏两家词风不同的主要因素，原即在于苏氏天性中所具有的一种超旷之特质。现在我们又论及柳词所写高远之兴象，虽与苏词有近似之处，但两家风格乃迥然相异，其主要之区别，便也仍在于二人天性之不同。柳词所写景物虽极高远，但多为凄凉、日暮、萧瑟、惊秋之景，其景与情之关系，乃是由外在凄凉之景，而引起内心中失志之悲，这当然是由于柳永自己本来就是一个落拓失志的词人之故。

至于苏轼所写的高远之景象，则使人但见其开阔博大，而并无萧瑟凄凉之意，其景与情之关系，乃是作者天性中超旷之襟怀与外界超旷之景物间的一种即景即心之融会。而且柳词在写过高远的景物以后，往往就又回到其缠绵的柔情之中，但苏轼则常是通篇都保留着超旷之襟怀与意兴。所以苏轼虽然也曾从一部分柳词“不减唐人高处”的意境和气象中获得启发，但却并未为其所限制，而终于蜕变成与柳词迥异的超旷之风格。总之，苏轼与柳词之关系，也正像他与欧词的关系一样，早期作品中虽曾受到若干影响，但却终于突破局限，而开拓出自己的道路，至其开拓之主要方面，则是以其天性中超旷之精神为本质的一种超旷之风格。在这种继承与开拓之关系中，我们既看到了词这种文学体式，在本身发展方面之一种要求开拓的自然趋势，也看到了北宋时到处演唱歌词的社会背景对一位多才且兴趣广泛的作者的影响，更看到一位具有特殊禀赋的诗人，如何发挥其本身禀赋之特质，因而突破前人之局限，而开拓出自己的一条途径来。

英雄既足以创造时势，时势也可以成就英雄，在词之发展史中，苏轼就正是这样一位天性中既具有独特之禀赋，又生当北宋词坛之盛世，虽然仅以余力为词，而却终于为五代以来一直被目为艳科的小词，开拓出一片高远广大之新天地的重要的作者。

叶嘉莹

◎浪淘沙

昨日出东城，试探春情。墙头红杏暗如倾。槛内群芳芽未吐，早已回春。
绮陌敛香尘，雪霁前村。东君用意不辞辛。料想春光先到处，吹绽梅英。

题解

作于宋神宗熙宁五年（1072）正月。王文诰《苏诗总案》卷七：“熙宁五年壬子，正月城外探春，作《浪淘沙》词。”此为倅杭作。有《正月二十日，与潘郭二生出郊寻春，忽记去年是日同至女王城作诗，乃和前韵》诗参考。

注释

- **探春：**早春郊游。唐宋时风俗。五代·王仁裕《开元天宝遗事》卷下《探春》：“都人士女，每至正月半后，各乘车跨马，供帐于园圃，或郊野中，为探春之宴。”
- **暗如倾：**谓红杏从墙头垂下，极衬杏花之秾丽。
- **绮陌：**阡陌相错如绮绣，这里指风景美丽的田间道路。
- **雪霁：**霜雪过后天气转晴。
- **东君：**又名东皇，司春之神。《尚书纬》：“春为东皇，又为青帝。”
- **梅英：**梅花。宋·秦观《望海潮》词：“梅英疏淡，冰澌溶泄，东风暗换年华。”

◎行香子

过七里濑

一叶舟轻，双桨鸿惊。水天清、影湛波平。鱼翻藻鉴，鹭点烟汀。过沙溪急，霜溪冷，月溪明。

重重似画，曲曲如屏。算当年、虚老严陵。君臣一梦，今古空名。但远山长，云山乱，晓山青。

题解

作于宋神宗熙宁六年（1073）二月。苏轼年三十八，在杭州通判任。运司又差苏轼往润州，出秀州。二月，谓自新城放棹桐庐，过严陵濑作。

注释

- **七里濑：**又名七里滩、七里泷、富春渚，在浙江省桐庐县严陵山西，水流湍急，夹于两山之间，全长七里，因此得名。濑，从沙石上流过的急水。
- **双桨鸿惊：**双桨划动如鸿雁惊飞。
- **影湛波平：**形容江面风平浪静。湛，清澈。
- **藻鉴：**形容水藻漂浮、水面平滑如镜的样子。
- **鹭点烟汀：**点，一触即离。烟汀，烟雾迷蒙的小洲。
- **“重重”二句：**形容七里濑一带优美的山势，山峰叠巘，有如画屏。屏，指江水两岸的山。

- **虚老严陵：** 指东汉隐士严光。《后汉书·逸民列传》："严光，字子陵，一名遵，会稽余姚人也。少有高名，与光武同游学。及光武即位，光乃变名姓，隐身不见。帝思其贤，帝令以物色访之。后齐国上言：有一男子，披羊裘钓泽中。帝疑其光，乃备安车玄纁（xūn），遣使聘之。三反而后至。……除为谏议大夫，不屈。乃耕于富春山。后人名其钓处为严陵濑焉。"

- **"君臣"二句：** 意谓古往今来，不论是君臣间的故事，还是严光的高逸之名，都是过眼烟云，空留虚名与感慨。唐·韩偓《招隐》诗："时人未会严陵志，不钓鲈鱼只钓名。"此句指刘秀称帝和严光垂钓，都不过是梦幻般的空名。

- **但：** 只，只有。

◎祝英台近

挂轻帆，飞急桨，还过钓台路。酒病无聊，攲枕听鸣橹。断肠簇簇云山，重重烟树，回首望、孤城何处？间离阻，谁念萦损襄王，何曾梦云雨。旧恨前欢，心事两无据。要知欲见无由，痴心犹自，倩人道、一声传语。

题解

作于宋神宗熙宁六年（1073）二月。苏轼三十八岁，在杭州通判任。是年视察富阳、新城、风水洞等地，过严陵濑，返杭归途而作此词。

注释

- **钓台**：指东汉严子陵垂钓处。在浙江桐庐城西十五公里的富春山麓。见《行香子》（一叶舟轻）“虚老严陵”注释。
- **攲**（yǐ）：通“倚”，斜靠着。
- **簇簇**：簇聚貌。
- **孤城**：喻指桐庐城。
- **间离阻**：间，顷刻。离阻，分离，阻隔。
- **萦损**：愁思郁结萦绕。
- **襄王**：楚襄王。

- **梦云雨：**男女欢情。战国·宋玉《高唐赋》：昔者楚襄王与宋玉游于云梦之台，望高之观，其上独有云气，崪兮直上，忽兮改容，须臾之间，变化无穷。王问玉曰：“此何气也？”玉对曰：“所谓朝云者也。”王曰：“何谓朝云？”玉曰：“昔者先王尝游高唐，怠而昼寝，梦见一妇人曰：‘妾巫山之女也。为高唐之客。闻君游高唐，愿荐枕席。’王因幸之。去而辞曰：‘妾在巫山之阳，高丘之阻，旦为朝云，暮为行雨。朝朝暮暮，阳台之下。’旦朝视之，如言。故为立庙，号曰朝云。”
- **无由：**无从，没有机会。
- **犹自：**依然，尚然。
- **倩人：**请托别人。

◎瑞鹧鸪

观潮

碧山影里小红旗，侬是江南踏浪儿。拍手欲嘲山简醉，齐声争唱浪婆词。西兴渡口帆初落，渔浦山头日未攲。侬欲送潮歌底曲，尊前还唱使君诗。

题解

作于宋神宗熙宁六年（1073年）八月十五日。王文诰《苏诗总案》卷十："熙宁六年癸丑，八月十五日观潮，题诗安济亭上，复作《瑞鹧鸪》词。"并案云："是日似与陈襄同游，故落句及之耳。"

注释

- **观潮**：指观钱塘江潮。钱塘江口每逢海潮袭来，波涛腾涌，吞天沃日，大声如雷霆，势极雄豪，每年尤以阴历八月十六至十八日为最盛。
- **碧山**：指高高涌起的潮头。苏轼《八月十五日看潮五绝》其二诗："欲识潮头高几许，越山浑在浪花中。"
- **小红旗**：参与弄潮游戏者所持之红旗。
- **侬**：我，吴地口语。南朝乐府民歌《吴声歌曲·子夜歌》："侬作北辰星，千年无转移。"

- **踏浪儿：** 即参加弄潮的少年。唐·孟郊《送淡公》诗：“侬是清浪儿，每踏清浪游。笑伊乡贡郎，踏土称风流。”

- **山简：** 西晋名士，“竹林七贤”之一山涛之子，性嗜酒。《晋书》卷四三《山涛传》：“时有童儿歌曰：‘山公出何许，往至高阳池。日夕倒载归，酩酊无所知。时时能骑马，倒著白接䍦。举鞭问葛彊，何如并州儿？’彊家在并州，简爱将也。”

- **浪婆词：** 吴地水乡曲调。浪婆，波浪之神。

- **西兴：** 渡口名，在浙江萧山县西十二里，为吴越通津。

- **渔浦：** 渡口名，在浙江萧山西二十里，对岸为龙山。

- **送潮：** 曲名。傅注：“唐陆龟蒙有迎潮、送潮诗。”

- **底：** 犹言“何”，什么。

- **使君：** 汉代表太守的称呼，这里指杭州知州陈襄。

◎南乡子

晚景落琼杯。照眼云山翠作堆。认得岷峨春雪浪，初来，万顷蒲萄涨渌醅。

春雨暗阳台。乱洒歌楼湿粉腮。一阵东风来卷地，吹回，落照江天一半开。

题解

作于宋神宗元丰四年（1081）春。元丰三年（1080）五月，苏轼由黄州定惠院迁居临皋亭，第二年春作此词。傅幹《注坡词》录此阕调下有“黄州临皋亭作”六字。明·吴讷《唐宋名贤百家词》本《东坡词》、焦竑《苏长公二妙集》本《东坡诗余》、毛晋汲古阁本《东坡词》词题为“春情”。临皋亭，明弘治《黄州府志》卷四：“临皋馆在城南，即古临皋亭。苏轼初谪黄寓居此亭，有诗曰：‘临皋亭中一危坐，三月清明改新火。’后秦桧父官于黄，生桧于亭，改亭为馆。后为临皋驿，今改赤壁巡司。”

注释

- **照眼：** 耀眼。唐·杜甫《酬郭十五受判官》诗："药里关心诗总废，花枝照眼句还成。"
- **翠作堆：** 叠翠之盛。
- **岷峨：** 四川岷山和峨眉山的并称。
- **蒲萄涨渌醅：** 渌醅（pēi），未经过滤的酒，这里喻指江水之澄澈碧绿。宋·钱易《南部新书》丙集："太宗破高昌，收马乳蒲桃种于苑，并得酒法，仍自损益之，造酒成绿色，芳香酷烈，味兼醍醐，长安始识其味也。"
- **阳台：** 指黄州附近的山峦。战国·宋玉《高唐赋》："妾在巫山之阳，高丘之阻，旦为朝云，暮为行雨。朝朝暮暮，阳台之下。"
- **"乱洒"句：** 山峦经春雨一番淋洗，仿佛敷粉的女子被打湿的脸庞。
- **吹回：** 风吹雨散。
- **落照：** 夕阳。唐·杜牧《洛阳长句二首》其一诗："桥横落照虹堪画。"

◎行香子

丹阳寄述古

携手江村，梅雪飘裙。情何限、处处消魂。故人不见，旧曲重闻。向望湖楼，孤山寺，涌金门。

寻常行处，题诗千首。绣罗衫、与拂红尘。别来相忆，知是何人。有湖中月，江边柳，陇头云。

题解

作于宋神宗熙宁七年（1074）正月。是时，苏轼以杭州通判身份奉命赴常州、润州（今江苏镇江）、苏州、秀州（今浙江嘉兴）等地赈济灾民，正月自杭州赴润州，途经丹阳，写下《行香子》词，追忆往昔与友人陈襄出游时观景题诗的乐趣。

注释

- **丹阳：** 地名，今属江苏省镇江市。
- **梅雪飘裙：** 熙宁六年（1073）初春，苏轼与陈襄同至杭州郊外寻春。苏轼《正月二十一日病后述古邀往城外寻春》诗中有“曲栏幽榭终寒窘，一看郊原浩荡春”句，陈襄和诗有“郊原绿意动游人，湖上晴波见跃鳞。间逐牙旗千骑远，暗惊梅萼万枝新”之句。裙，下裳。这里泛指衣服。
- **“情何”二句：** 何限，无限。消魂，为情所感，十分悲伤。南朝梁·江淹《别赋》：“黯然销魂者，唯别而已矣。”
- **故人：** 指陈述古。

- **望湖楼：** 在杭州西湖旁，为五代吴越王钱宏俶所建。望湖楼、孤山寺、涌金门并在钱塘。苏轼于宋神宗熙宁五年（1072）有《六月二十七日望湖楼醉书》诗云：“卷地风来忽吹散，望湖楼下水如天。”
- **孤山寺：** 在杭州西湖里外二湖之间，有孤峰耸立，名为孤山，山上有寺，名孤山寺，南朝陈代所建。唐·白居易《钱塘湖春行》诗：“孤山寺北贾亭西，水面初平云脚低。”
- **涌金门：** 杭州城旧有十门，正西门称涌金门，旧名丰豫门。
- **“绣罗”二句：** 此为作者谦逊之词，词人自比魏野。宋·吴处厚《青箱杂记》卷六：“世传魏野尝从莱公（寇准）游陕府僧舍，各有留题。后复同游，见莱公之诗已用碧纱笼护，而野诗独否，尘昏满壁。时有从行官妓，颇慧黠，即以袂就拂之。野徐曰：‘若得常将红袖拂，也应胜似碧纱笼。’莱公大笑。”
- **“有湖”三句：** 湖，指西湖。江，指钱塘江。陇，指孤山。

◎昭君怨

金山送柳子玉。

谁作桓伊三弄，惊破绿窗幽梦。新月与愁烟，满江天。

欲去又还不去，明日落花飞絮。飞絮送行舟，水东流。

题解

作于宋神宗熙宁七年（1074）二月。傅藻《东坡纪年录》："熙宁七年甲寅，金山送子玉作《昭君怨》。"熙宁六年十一月，苏轼赴常州、润州赈灾，次年正月到润州，留住月余。后与柳子玉相遇于京口。二月，两人在金山分别，苏轼遂作此词。《苏轼诗集》卷十一有《子玉以诗见邀同刁丈游金山》。

注释

- **"金山"句：**金山，在今江苏省镇江市。原名氐（dī）父山，又名金鳌岭、获符山、浮玉山。柳子玉，柳瑾，字子玉，丹徒人。与王安石同年，其子仲远，苏轼之妹婿也。
- **桓伊三弄：**桓伊，东晋人，字叔夏，小字野王。善吹笛。《晋书》卷八一《桓宣传》："伊性谦素，虽有大功，而始终不替。善音乐，尽一时之妙，为江左第一。有蔡邕柯亭笛，常自吹之。王徽之赴召京师，泊舟青溪侧。素不与徽之相识。伊于岸上过，船中客称伊小字曰：'此桓野王也。'徽之便令人谓伊曰：‘闻君善吹笛，试为我一奏。’伊是时已贵显，素闻徽之名，便下车，踞胡床，为作三调，弄毕，便上车去，客主不交一言。”三弄，指吹了三段乐曲。

- **绿窗：**碧纱窗，诗词中多代指女子之居所。
- **幽梦：**隐约迷离的梦境。唐·杜牧《即事》诗：“春愁兀兀成幽梦，又被流莺唤醒来。”
- **“新月”二句：**化自唐·孟浩然《宿建德江》诗“移舟泊烟渚，日暮客愁新。野旷天低树，江清月近人”之句意。

◎醉落魄

离京口作

轻云微月，二更酒醒船初发。孤城回望苍烟合。记得歌时，不记归时节。

巾偏扇坠藤床滑，觉来幽梦无人说。此生飘荡何时歇。家在西南，常作东南别。

题解

作于宋神宗熙宁七年（1074）。傅藻《东坡纪年录》："熙宁七年甲寅，离京口呈元素作《醉落魄》《诉衷情》。"

注释

- **京口：**今属江苏省镇江市。
- **"孤城"句：**孤城，指京口。苍烟，苍茫的雾气。
- **"记得"二句：**只记得宴席上佳人的欢歌，却不记得酒醉后回寓所的情状了。唐·李白《鲁中都东楼醉起作》诗："昨日东楼醉，还应倒接䍦。阿谁扶上马，不省下楼时。"
- **巾偏扇坠：**头巾歪了，扇子也掉在地上，形容词人的醉态。
- **"家在"二句：**苏轼故乡在四川眉山，此时正在杭州做通判，因公务又常离杭外出，到常州、镇江一带去，故有此语。

◎蝶恋花

京口得乡书

雨后春容清更丽。只有离人，幽恨终难洗。北固山前三面水，碧琼梳拥青螺髻。一纸乡书来万里。问我何年，真个成归计。回首送春拚一醉，东风吹破千行泪。

题解

宋神宗熙宁七年（1074）春，苏轼在京口得乡书而作此词。明·吴讷《唐宋名贤百家词》本《东坡词》、毛晋汲古阁本《东坡词》词题为“送春”。

注释

- **幽恨：**此处指藏于内心的乡思。
- **北固山：**一作北顾山。在今镇江市北，北峰横枕大江，山势险固，故名。
- **碧琼梳：**碧玉制成的梳子，这里指北固山前的江水。
- **青螺髻：**女子形似青螺的发髻，这里比喻北固山。
- **“真个”句：**真个，真的。归计，归乡之打算。
- **拚：**甘愿，割舍。张相《诗词曲语辞汇释》卷五“判”字条：“判，割舍之辞；亦甘愿之辞。自宋以后多用拚字或拚字，而唐人则多用判字。”

◎少年游

润州作，代人寄远。

去年相送，余杭门外，飞雪似杨花。今年春尽，杨花似雪，犹不见还家。

对酒卷帘邀明月，风露透窗纱。恰似姮娥怜双燕，分明照，画梁斜。

题解

作于宋神宗熙宁七年（1074）四月。王文诰《苏诗总案》卷一一云：“公以去年十一月发临平（今杭州东北），及是春尽，犹行役未归，故托为此词耳。”

注释

- **润州：**《一统志 · 镇江府》：“隋开皇十五年置润州，唐天宝元年改丹阳郡，宋仍曰润州丹阳郡，开宝八年改镇江军。”
- **“去年”六句：**《诗经 · 小雅 · 采薇》：“昔我往矣，杨柳依依。今我来思，雨雪霏霏。”去年，指熙宁六年十一月，此时苏轼离开杭州去润、常等地赈饥。余杭门，宋时杭州城三座城门之一。
- **姮娥：**即嫦娥，因避汉文帝刘恒讳而改嫦娥。这里借指月亮。
- **双燕：**以画梁双楼之燕反衬嫦娥独处之孤单。
- **“分明”二句：**战国 · 宋玉《神女赋》：“其始来也，耀乎若白日初出照画梁；其少进也，皎若明月舒其光。”画梁，雕饰精美的屋梁，也喻指燕子的居所（筑巢之地）。

◎卜算子

自京口还钱塘，道中寄述古太守。

蜀客到江南，长忆吴山好。吴蜀风流自古同，归去应须早。

还与去年人，共藉西湖草。莫惜尊前仔细看，应是容颜老。

题解

作于熙宁七年（1074）年三月。王文诰《苏诗总案》云："三月常润道中有怀钱塘寄陈襄诗。"即《苏轼诗集》卷一一《常润道中有怀钱塘寄述古五首》。

注释

- **钱塘：** 即杭州。《大清一统志》：秦置钱唐县，后汉省入余杭县，隋为余杭郡治。唐改"唐"为"塘"，为杭州治。五代及宋初因之。
- **蜀客：** 作者自谓。
- **吴山：** 位于杭州西湖东南部。《西湖游览志》卷一二："吴山，春秋时为吴南界，以别于越，故曰吴山。或曰，以伍子胥故，讹伍为吴，故郡志亦称胥山，在镇海楼之右。"
- **"还与"二句：** 去年人，指去年同游者陈述古。藉，坐在某物上。

◎江城子

陈直方妾嵇，钱塘人也，求新词，为作此。钱塘人好唱《陌上花缓缓曲》，余尝作数绝以纪其事。

玉人家在凤凰山。水云间，掩门闲。门外行人，立马看弓弯。十里春风谁指似，斜日映，绣帘斑。

多情好事与君还。闵新鳏，拭余潸。明月空江，香雾著云鬟。陌上花开春尽也，闻旧曲，破朱颜。

题解

宋神宗熙宁六年（1073）八月或九月，作于杭州。词为应酬之作。词题中所云“钱塘人好唱《陌上花缓缓曲》，余尝作数绝以纪其事”中之“数绝”指《陌上花》三首：“陌上花开蝴蝶飞”“陌上山花无数开”“生前富贵草头露”。这三首作品作于熙宁六年八月，词当作于其后不久。陈秀明《东坡诗话录》：“陈直方之妾，本钱塘妓人也，丐新词于苏子瞻。子瞻因直方新丧正室，而钱塘人好唱《陌上花缓缓曲》，乃引其事以戏之。”

注释

- **陈直方：**即陈珪（guī），时任杭州司户。
- **《陌上花缓缓曲》：**《苏轼诗集》卷十《陌上花三首并引》云：游九仙山，闻里中儿歌《陌上花》。父老云，吴越王妃每岁春必归临安，王以书遗妃曰：“陌上花开，可缓缓归矣。”吴人用其语为歌，含思婉转，听之凄然。

◎ **“玉人”句：** 玉人，美人，指陈直方妾嵇氏。凤凰山，在今杭州市南。

◎ **“立马”句：** 立马，驻马。弓弯，指舞姿。唐·沈亚之《异梦录》：“唐贞元中，有帅家子邢凤，居长安平康里南，质一大第，即其寝，而昼偃。梦一美人，古装，高鬟长眉，执卷而吟。凤发其卷，美人曰：‘君必欲传之，无过一篇。’取彩笺传其《春阳曲》。其词曰：‘长安少女踏春阳，何处春阳不断肠。舞袖弓弯浑忘却，罗衣空换九秋霜。’凤曰：‘何谓弓弯？’美人曰：‘妾傅年父母使教妾为此舞。’乃起，整衣张袖，舞数拍，为弓弯状以示凤。既罢，辞去。”

◎ **“十里”句：** 唐·杜牧《赠别》诗：“春风十里扬州路，卷上珠帘总不如。”指似，指向、指点。借杜诗之意，表达杭州女子之美不及直方妾嵇之美也。

◎ **“多情”句：** 多情，指代直方妾嵇之多情。与君还，指直方妾随其离杭返乡。

◎ **“闵新”二句：** 盖陈直方新丧正室，嵇氏悯其新鳏而流泪。闵，通“悯”，哀怜。鳏，指丧妻的老人。这里指陈直方。

◎ **香雾著云鬟：** 唐·杜甫《月夜》诗：“香雾云鬟湿，清辉玉臂寒。”

◎ **旧曲：** 指《陌上花缓缓曲》。

◎又

湖上与张先同赋，时闻弹筝。

凤凰山下雨初晴。水风清，晚霞明。一朵芙蕖，开过尚盈盈。何处飞来双白鹭，如有意，慕娉婷。

忽闻江上弄哀筝。苦含情，遣谁听。烟敛云收，依约是湘灵。欲待曲终寻问取，人不见，数峰青。

题解

作于宋神宗熙宁六年（1073）六七月间。苏轼为杭州通判，与友人张先出游赏西湖美景。张邦基《墨庄漫录》卷一云："东坡在杭州，一日游西湖，坐孤山竹阁，前临湖亭上，时二客皆有服，预焉。久之，湖心有一彩舟渐近亭前，靓妆数人，中有一人尤丽，方鼓筝，年且三十余，风韵娴雅，绰有态度。二客竟目送之。曲未终，翩然而逝。公戏作长短句云。"疑为附会之说，不足为信。

注释

○ **张先：** 宋·叶梦得《石林诗话》："张先郎中字子野，能为诗及乐府，至老不衰。居钱塘，苏子瞻作倅时，先年已八十余，视听尚精强，家犹畜声妓。子瞻尝赠以诗云：'诗人老去莺莺在，公子归来燕燕忙。'盖全用张氏故事戏之。先和云：'愁似鳏鱼知夜永，懒同蝴蝶为春忙。'极为子瞻所赏。俚俗多喜传咏先乐府，遂掩其诗声，识者皆以为恨云。"

- **“一朵”二句：** 芙蕖，荷花。盈盈，轻盈美丽的姿态。《古诗十九首》（青青河畔草）：“盈盈楼上女，皎皎当户牖。”
- **娉婷：** 姿态美好的女子。
- **“忽闻”句：** 唐·白居易《琵琶行》诗：“忽闻水上琵琶声，主人忘归客不发。”弄，弹奏。哀筝，高亢清亮的筝声。
- **湘灵：** 湘水之神。相传舜帝二妃娥皇、女英随舜南行，死于沅、湘二水之间，成为湘水女神，后世称为湘灵。这里喻指“弄哀筝”的女子。
- **“欲待”三句：** 化用唐·钱起《湘灵鼓瑟》诗：“曲终人不见，江上数峰青。”

◎虞美人

有美堂赠述古

湖山信是东南美，一望弥千里。使君能得几回来，便使尊前醉倒更徘徊。

沙河塘里灯初上，《水调》谁家唱。夜阑风静欲归时，惟有一江明月碧琉璃。

题解

作于熙宁七年（1074）七月。傅幹《注坡词》卷八引《本事集》云："陈述古守杭，已及瓜代，未交前数日，宴僚佐于有美堂。侵夜，月色如练，前望浙江，后顾西湖，沙河塘正出其下。陈公慨然，请贰车苏子瞻赋之，即席而就。"傅注录此词题作"为杭守陈述古作"。

注释

- **有美堂：**在杭州城内的吴山之上，为嘉祐二年（1057）的杭州太守梅挚所建。学士梅挚出镇钱塘，仁宗赐诗宠行，首句云："地有湖山美，东南第一州。"既到任，选圣地建堂，以写御诗，勒石，立名曰有美堂。
- **信：**确实。
- **使君：**这里指陈述古。
- **沙河塘：**傅幹《注坡词》："沙河塘，钱塘繁会之地。"《唐书·地理志》："在钱塘县旧治之南五里，潮水冲击钱塘江岸，奔逸入城，势莫能御。咸通二年，刺史崔彦曾开三沙河以决之。曰外沙、中沙、里沙。”

- **《水调》：** 曲调名，又名《水调歌》。宋·郭茂倩《乐府诗集》卷七九《近代曲辞一·水调》：“《乐苑》曰：‘水调，商调曲也。’旧说，《水调》《河传》，隋炀帝幸江都时所制。曲成奏之，声韵怨切。王令言闻而谓其弟子曰：‘但有去声而无回韵，帝不返矣。’后竟如其言。”

- **夜阑：** 夜将尽。苏轼《临江仙》词：“夜阑风静縠纹平。小舟从此逝，江海寄余生。”

- **琉璃：** 一种半透明的玉石。这里比喻水月交映的平静江面。南朝梁·萧纲《西斋行马诗》：“云开玛瑙叶，水净琉璃波。”

◎菩萨蛮

杭妓往苏迓新守杨元素，寄苏守王规甫。

玉童西迓浮丘伯，洞天冷落秋萧瑟。不用许飞琼，瑶台空月明。

清香凝夜宴，借与韦郎看。莫便向姑苏，扁舟下五湖。

题解

作于熙宁七年（1074）七月。时陈襄罢任，新任知州杨元素正在赴杭途中，杭妓前往苏州迎接，苏轼作词寄苏州太守王规甫。郑文焯手批《东坡乐府》："李东川有送人携妓赴任诗，此词又记杭妓往苏迓新守，是知唐宋时赴任迎任，皆有官妓为导之例。此风盖自元明已来，微论废绝，国朝且悬为厉禁，著之律条，并饮酒挟妓亦有罪已。古今风气之硕异如是。"

注释

- **王规甫：** 名诲，熙宁年间，曾知苏州，任朝散大夫、尚书司勋郎中。
- **玉童：** 本指仙童，此处隐喻杭妓。唐·李白《古风》诗："两两白玉童，双吹紫鸾笙。"
- **浮丘伯：** 古仙人，以此喻指杨元素。汉·刘向《列仙传》卷上："王子乔者，周灵王太子晋也。好吹笙，作凤凰鸣。

游伊洛之间，道士浮丘公接以上嵩高山。”浮丘伯本嵩山道士，后得仙去。

- **洞天：** 洞中别有天地的世界。道家称神仙居住之处叫洞天。
- **许飞琼：** 相传为王母之侍女。汉·班固《汉武帝内传》：“西王母乘紫云之辇，履玄琼之舄。下辇上殿，呼帝共坐，命侍女许飞琼鼓云和之簧。”
- **瑶台：** 以玉雕饰的高台，泛指神仙居所。此处指昆仑。晋·王嘉《拾遗记》卷一〇《昆仑山》：“昆仑山者，西方曰须弥，山对七星之下，出碧海之中。上有九层，……傍有瑶台十二，各广千步，皆五色玉为台基。”唐·李白《清平调三首》其一诗：“若非群玉山头见，会向瑶台月下逢。”
- **“清香”二句：** 唐·韦应物《郡斋雨中与诸文士燕集》诗：“兵卫森画戟，宴寝凝清香。”韦郎，韦应物在唐德宗贞元初任苏州刺史，多有惠政。此指苏守王规甫。
- **姑苏：** 此指苏州。《史记》卷三一《吴太伯世家》：“越因伐吴，败之姑苏。”
- **“扁舟”句：** 范蠡相越，平吴之后，与西施乘扁舟泛五湖而去。

◎又

西湖席上，代诸妓送陈述古。

娟娟缺月西南落，相思拨断琵琶索。枕泪梦魂中，觉来眉晕重。

华堂堆烛泪，长笛吹新水。醉客各西东，应思陈孟公。

题解

宋神宗熙宁七年（1074）七月。杭州知州陈襄将罢任，此词运用“代言体”写法送别陈襄，抒情主人公不是词人自己，而是“诸妓”。

注释

- **娟娟：** 美好的样子。
- **“相思”句：** 五代 · 陶谷《春光好》词：“琵琶拨尽相思调，知音少。”
- **眉晕重：** 所画之眉黛因啼哭褪色而变作两重。
- **堆烛泪：** 烛泪成堆。烛泪，比喻人伤心时流下的泪水。唐 · 李商隐《无题》诗：“蜡炬成灰泪始干。”
- **新水：** 指《新水调》或《新水曲》。傅注：“乐府有中吕调《新水曲》。”
- **陈孟公：** 即陈遵。《汉书》卷九二《游侠传》：“陈遵字孟公，杜陵人也……遵耆酒，每大饮，宾客满堂，辄关门，取客车辖投井中，虽有急，终不得去。”

◎江城子

孤山竹阁送述古

翠蛾羞黛怯人看。掩霜纨，泪偷弹。且尽一尊，收泪听《阳关》。漫道帝城天样远，天易见，见君难。

画堂新创近孤山。曲阑干，为谁安。飞絮落花，春色属明年。欲棹小舟寻旧事，无处问，水连天。

题解

作于宋神宗熙宁七年（1074）七月。杭州知州陈述古罢任后将往南都，苏轼宴于孤山竹阁，遂作此词。

注释

- **孤山竹阁：** 孤山上的竹制阁楼。
- **翠蛾羞黛：** 翠蛾，女子的眉毛。黛，青黑色的颜料，古代女子常借此画眉。
- **霜纨：** 指洁白的绢扇。
- **《阳关》：** 即《阳关曲》，《阳关三叠》的省称，多为离别时吟唱或弹奏的歌曲。唐·王维《送元二使安西》诗："劝君更尽一杯酒，西出阳关无故人。"
- **漫道：** 不要说。
- **帝城天样远：** 借指陈襄要去的地方很远，不易再见。《晋书》卷六《明帝纪》："明皇帝讳绍，字道畿，元皇帝长子也。幼而聪哲，为元帝所宠异。年数岁，尝坐置膝前，属长安使来，因问帝曰：'汝谓日与长安孰远？'对曰：'长安近。不闻人从日边来，居然可知也。’元帝异之。明日，宴群僚，又问之。对曰：‘日近。’元帝失色，曰：‘何乃异间者之言乎？’对曰：‘举目则见日，不见长安。’由是益奇之。”

“画堂”句：画堂，即孤山寺内与竹阁相连接的柏堂。苏诗《孤山二咏并引》：“孤山有陈时柏二株，其一为人所薪，山下老人自为儿时已见其枯矣，然坚悍如金石，愈于未枯者。僧志诠作堂于其侧，名之曰柏堂。堂与白公居易竹阁相连属。”新创，柏堂建成刚一年，故云。

◎清平乐

送述古赴南都

清淮浊汴，更在江西岸。红旆到时黄叶乱，霜入梁王故苑。

秋原何处携壶，停骖访古踟蹰。双庙遗风尚在，漆园傲吏应无。

题解

作于宋神宗熙宁七年（1074）七月。词人与陈襄别临舟中，是送别陈襄词作中的最后一首作品。

注释

- **南都：** 指宋时南京（今河南商丘）。宋·王存《元丰九域志》卷一："南京，应天府，睢阳郡。唐宋州。梁宣武军节度。后唐改归德军。皇朝景德三年升应天府，大中祥符七年升南京。"
- **清淮：** 清澈的淮河。北魏·郦道元《水经注》卷三〇："淮水出南阳平氏县胎簪山，东北过桐柏山。……又东至广陵怀浦县，入于海。"
- **浊汴：** 浑浊的汴河。汴渠故道有二，一为隋以后汴河故道。由前故道至商丘县治南改东南流，历安徽之宿州、灵璧、泗县入淮。
- **江西：** 古时泛称长江以南为江东或江左，长江以北为江西或江右。

- **红旆：**红旗。此指太守的仪仗。
- **梁王故苑：**即梁苑，一名梁园。位于今河南商丘东南，为汉梁孝王刘武所筑。园林规模巨大，方圆三百余里，宫室相连，供宾客游赏驰猎。当时的诸多名士，如司马相如、枚乘等都是座上宾客。
- **携壶：**带着酒壶游赏。唐·杜牧《九日齐山登高》诗："江涵秋影雁初飞，与客携壶上翠微。"
- **骖（cān）：**一指同驾一车之三马，一指驾车时位于两旁之马。
- **双庙：**傅注："唐张巡、许远。天宝之乱，二人守睢阳，力困城破，死于贼。列于《忠义传》。今睢阳有二祠，世谓之双庙。"
- **漆园傲吏：**指庄周。《史记》卷六三《老庄申韩列传》："庄周尝为蒙漆园吏，与梁惠王、齐宣王同时。楚威王闻庄周贤，使使厚币迎之，许以为相。庄周笑谓楚使者曰：'千金重利，卿相尊位也。子独不见郊祭之牺牛乎？养食之数岁，衣以文绣，以入太庙。当是之时，虽欲为孤豚，岂可得乎？子亟去，无污我。我宁游戏污渎之中自快，无为有国者所羁，终身不仕，以快吾志焉。'"

◎南乡子

送述古

回首乱山横，不见居人只见城。谁似临平山上塔，亭亭，迎客西来送客行。

归路晚风清，一枕初寒梦不成。今夜残灯斜照处，荧荧，秋雨晴时泪不晴。

题解

作于宋神宗熙宁七年（1074）七月。词人与陈襄别临平舟中，该作是送别陈襄词作中的最后一首作品。

注释

- **“回首”二句：** 唐·欧阳詹《初发太原途中寄太原所思》诗：“驱马觉渐远，回头长路尘。高城已不见，况复城中人。”
- **临平山上塔：**《淳祐临安志》卷九：“临平山，《祥符经》云：去仁和县旧治五十四里，山高五十三丈，周回十八里。……山上有塔。”
- **亭亭：** 高耸的样子。
- **荧荧：** 微弱的灯光闪烁的样子，此处兼状写泪珠。

◎南歌子

苒苒中秋过，萧萧两鬓华。寓身此世一尘沙，笑看潮来潮去了生涯。

方士三山路，渔人一叶家。早知身世两聱牙，好伴骑鲸公子赋雄夸。

题解

作于宋哲宗元祐五年（1090）八月十八日。苏轼与苏伯固于钱塘江观潮而作此词。

注释

- **“萧萧”句：**萧萧，衰落。两鬓华，两鬓花白。
- **一尘沙：**如同尘埃细沙。言人的存在十分微小。
- **“方士”句：**方士求仙于三山的道路。方士，术士。三山路，《史记》卷二八《封禅书》：“蓬莱、方丈、瀛州，此三神山者，其传在勃海中，去人不远，患且至，则船风引而去。盖尝有至者，诸仙人及不死之药皆在焉。其物、禽兽尽白，而黄金、银为宫阙。未至，望之如云，及到，三神山反居水下。临之，风辄引去，终莫能至云。”
- **一叶家：**以一叶扁舟为家。
- **“早知”句：**早知道立身处世与世俗格格不入。聱牙，乖忤，抵触，不随流俗。
- **“好伴”句：**傅注：“骑鲸公子，谓李白。赋雄夸，则白所著《大鹏赋》是也。”

◎南乡子

梅花词，和杨元素。

寒雀满疏篱，争抱寒柯看玉蕤。忽见客来花下坐，惊飞，蹋散芳英落酒卮。

痛饮又能诗，坐客无毡醉不知。花谢酒阑春到也，离离，一点微酸已著枝。

题解

宋神宗熙宁七年（1074）冬作于密州。本词是杨元素词和作之一。时杨元素为杭州知州。全词采用侧面烘托来表现梅花的姿态、神韵和品格。

注释

- **寒柯看玉蕤**（ruí）：寒柯，冬天的树木。《初学记》卷三引南朝梁元帝《纂要》："冬日玄英……木曰寒木、寒柯、素木、寒条。"蕤：草木花下垂貌。傅注："梅花缀树，葳蕤如玉。"
- **酒卮：** 酒杯。
- **无毡：** 坐无毡席，形容生活清贫。《晋书》卷九〇《吴隐之传》："（吴隐之）寻拜度支尚书、太常，以竹篷为屏风，坐无毡席。"
- **离离：** 繁盛的样子。
- **微酸已著枝：** 微酸，指梅子。著枝，结于枝头。

◎浣溪沙

自杭移密守，席上别杨元素，时重阳前一日。

缥缈危楼紫翠间，良辰乐事古难全。感时怀旧独凄然。

璧月琼枝空夜夜，菊花人貌自年年。不知来岁与谁看。

题解

作于宋神宗熙宁七年（1074）九月。苏轼接到以太常博士直史馆权知密州的任命，将行，重阳前一日与杨绘（元素）宴饮，分别时写下此词。明·吴讷《唐宋名贤百家词》本《东坡词》、毛晋汲古阁本《东坡词》词题作“菊节别元素”。

注释

- **重阳：**古时九月九日重阳节有佩茱萸、食蓬饵、饮酒赏菊之俗，重阳节亦称菊花节。
- **“缥缈”句：**缥缈，隐隐约约，若有若无。唐·白居易《长恨歌》诗：“忽闻海上有仙山，山在虚无缥缈间。”危楼，高楼。紫翠，状山色。
- **“良辰”句：**晋·谢灵运《拟魏太子邺中集诗八首序》云：“天下良辰、美景、赏心、乐事，四者难并。”
- **璧月：**明月似玉璧。
- **琼枝：**传说中的玉树。
- **“菊花”句：**化用唐·戎昱“菊花一岁岁相似，人貌一年年不同”诗。

◎南乡子

旌旆满江湖，诏发楼船万舳舻。投笔将军因笑我，迂儒，帕首腰刀是丈夫。

粉泪怨离居，喜子垂窗报捷书。试问伏波三万语，何如，一斛明珠换绿珠。

题解

作于宋神宗熙宁七年（1074）九月。湖州送元素还朝作。

注释

- **旌旆：** 旌旗，这里指仪仗所用的旗帜。《周礼·春官·司常》："全羽为旞，析羽为旌。"《尔雅》："继旐曰旆。"
- **楼船万舳舻：** 楼船，有楼的大船，古代多用作战船。傅注："汉武帝征南越、东瓯，始设置楼船、戈船将军之号。"舳舻（zhú lú），泛指船只。傅注："《汉书·武帝纪》：'舳舻千里。'注：'舳，船后也；舻，船前头也。'"
- **投笔将军：** 指东汉班超。投笔，掷笔。《后汉书》卷四七《班超传》："（班超）家贫，常为官佣书以供养。久劳苦，尝辍业投笔叹曰：'大丈夫无它志略，犹当效傅介子、张骞立功异域，以取封侯，安能久事笔研间乎？'左右皆笑之。超曰：'小子安知壮士志哉！'"
- **迂儒：** 拘泥守旧的读书人。
- **帕首腰刀：** 头戴佩巾，腰挂佩刀。古代武将的装束。

- **“粉泪”句：**离别时歌伎流下的泪水。离居，分离。《古诗十九首》（涉江采芙蓉）：“同心而离居，忧伤以终老。”
- **喜子：**又名喜蜘蛛，古称蟏蛸（xiāo shāo），是一种蜘蛛。晋·葛洪《西京杂记》：“蜘蛛集而百事喜，故俗以蜘蛛为喜子。”
- **伏波：**指东汉将军马援的名号。《后汉书·马援传》：“马援字文渊，扶风茂陵人也……于是玺书拜援伏波将军。”
- **绿珠：**原为西晋石崇歌伎名，这里喻指官妓。

◎定风波

送元素

今古风流阮步兵，平生游宦爱东平。千里远来还不住，归去，空留风韵照人清。

红粉尊前添懊恼，休道，如何留得许多情。记取明年花絮乱，看泛，西湖总是断肠声。

题解

作于宋神宗熙宁七年（1074）九月。此词是熙宁七年九月苏轼移知密州的路上，在湖州沈氏为杨绘举行的饯行酒筵上所作。

注释

- **风流阮步兵：** 有才学而不拘礼法的气度遗风。阮步兵，即阮籍。晋朝文学家，“竹林七贤”之一，曾任步兵校尉，世称阮步兵。
- **“平生”句：**《晋书》卷四九《阮籍传》：“籍容貌瑰杰，志气宏放，傲然独得，任性不羁，而喜怒不形于色。……本有济世志，属魏晋之际，天下多故，名士少有全者。籍由是不与世事，遂酣饮为常。……及文帝辅政，籍尝从容言于帝曰：‘籍平生曾游东平，乐其风土。’帝大悦，即拜东平相。”
- **“千里”句：** 据《晋书》本传载：“籍骑驴到郡（东平），坏府舍屏障，使内外相望，法令清简，旬日而还。”

- **红粉：** 指官妓。
- **泛：** 指泛舟。
- **断肠声：** 悲哀凄切之音。

◎河满子

湖州寄南守冯当世

见说岷峨凄怆，旋闻江汉澄清。但觉秋来归梦好，西南自有长城。东府三人最少，西山八国初平。莫负花溪纵赏，何妨药市微行。试问当垆人在否，空教是处闻名。唱著子渊新曲，应须分外含情。

题解

作于宋神宗熙宁九年（1076）秋。本作是寄给益州太守、友人冯当世的。熙宁九年四月，冯京知成都，兼成都利州路安抚使。十月，京迁知院。冯京知成都府在熙宁九年四月至十月之间。此时苏轼任密州知州，不在湖州。孔凡礼《苏轼年谱》编熙宁九年四月二十三日，时苏轼知密州，非湖州作。傅注本题作“湖州作寄益守冯当世”。

注释

- **冯当世：**即冯京，时任益州太守。
- **“旋闻”句：**江汉二水复归澄清，比喻边乱平定。旋，随即。江汉，长江、汉水。江汉澄清，指因冯当世对羌人实行的招抚政策，边乱不久便平息。
- **长城：**此借李勣称颂冯京。《新唐书》卷九三《李勣传》：“治并州十六年，以威肃闻。帝尝曰：‘炀帝不择人守边，劳中国筑长城以备虏。今我用勣守并，突厥不敢南，贤长城远矣！’”

- **“东府”句：**宋代以中书门下掌管政务，称东府；以枢密院专管军政，为西府，合称二府，为最高国务机关。熙宁三年至七年，冯当世任参知政事，应住东府。

- **“西山”句：**借韦皋事以指冯当世安抚诸蕃部。《新唐书》卷一五八《韦皋传》：“韦皋字城武，京兆万年人……贞元初，代张延赏为剑南节度使……蛮部震服……于是西山羌女、诃陵、南水、白狗、逋租、弱水、清远、咄霸八国酋长，皆因皋请入朝。”

- **花溪纵赏：**在花溪边尽情游赏。花溪，即浣花溪。傅注：“西蜀游赏，始正月上元日，终四月十九日，而浣花溪为最盛集。”

- **药市微行：**药市，宋时成都每年七月至九月有药市，药物丰富，远近药商、游人很多。微行，指官员身着便装出行。

- **当垆人：**指卓文君。《汉书》卷五七《司马相如传》：“文君夜亡奔相如，相如与驰归成都。家徒四壁立……相如与俱之临邛，尽卖车骑，买酒舍，乃令文君当垆。相如身著犊鼻裤，与庸保杂作，涤器于市中。”垆，放酒瓮的土台。

- **子渊新曲：**子渊，汉王褒字，四川人，著名词赋家。《汉书》卷六四《王褒传》：“王褒字子渊，蜀人也……益州刺史王襄欲宣风化于众庶，闻王褒有俊材，请与相见，使褒作《中和》《乐职》《宣布诗》，选好事者令依《鹿鸣》之声习而歌之。时汜乡侯何武为僮子，选在歌中。久之，武等学长安，歌太学下，转而上闻。宣帝召见武等观之，皆赐帛，谓曰：‘此盛德之事，吾何足以当之。’褒既为刺史作颂，又作其传，益州刺史因奏褒有轶材。上乃征褒。”

◎阮郎归

一年三过苏，最后赴密州，时有问这回来不来，其色凄然。太守王规父嘉之，令作此词。

一年三度过苏台，清尊长是开。佳人相问苦相猜，这回来不来。

情未尽，老先催，人生真可咍。他年桃李阿谁栽，刘郎双鬓衰。

题解

作于宋神宗熙宁七年（1074）十月。苏轼赴密州任，过苏州，知州王诲宴请苏轼，席间，王诲让歌女请求苏轼创作新词，苏轼填《阮郎归》以应。

注释

- **王规父：**一作“王规甫”。见《菩萨蛮》（玉童西迓浮丘伯）注释“王规甫”。
- **“一年”句：**一年三度，是指宋神宗熙宁六年（1073）十一月至七年十月，其间苏轼三度途经苏州：六年十一月赴常、润赈饥一过苏，七年五月自常、润归杭二过苏，此次为三过苏。苏台，即姑苏台，故址在今苏州西南，此代指苏州。
- **清尊：**酒器，亦借指清酒。
- **佳人：**指歌女。
- **咍（hāi）：**嗤笑。

- **阿谁：**何人。汉乐府《十五从军征》：“羹饭一时熟，不知贻阿谁？”阿，助词，无义。
- **刘郎：**本指刘禹锡，这里借喻词人自己。唐·孟棨《本事诗·事感第二》：“刘尚书禹锡自屯田员外左迁朗州司马，凡十年，始征还。方春，作《赠看花诸君子》诗曰：‘紫陌红尘拂面来，无人不道看花回。玄都观里桃千树，尽是刘郎去后栽。’”

◎醉落魄

苏州阊门留别

苍颜华发，故山归计何时决？旧交新贵音书绝，惟有佳人，犹作殷勤别。

离亭欲去歌声咽，潇潇细雨凉吹颊。泪珠不用罗巾裛，弹在罗衫，图得见时说。

题解

作于宋神宗熙宁七年（1074）十月。这是一首别情词。作于苏州。疑与《阮郎归》（一年三度过苏台）作于同时。《全宋词》注："又按此首别见黄庭坚豫章先生词。"

注释

- **阊（chāng）门：** 城门名。在苏州城西门。
- **故山归计：** 故山，指故乡。归计，归乡之计划。
- **"旧交"句：** 身处困厄之中，曾经的旧交虽为新贵，却早已断绝了书信往来。《汉书》卷五〇《郑当时传》："先是下邽翟公为廷尉，宾客亦填门，及废，门外可设爵罗。后复为廷尉，客欲往，翟公大署其门曰：'一死一生，乃知交情；一贫一富，乃知交态；一贵一贱，交情乃见。"
- **殷勤：** 情意深厚。宋·晏几道《鹧鸪天》词："彩袖殷勤捧玉钟，当年拚却醉颜红。"
- **离亭：** 即驿亭，古时驿路边设有亭舍，既供行人停坐歇息，又供人们宴饮送别。北周·庾信《哀江南赋》："十里五里，长亭短亭。"
- **裛（yì）：** 同"浥"，沾湿。此作揩拭。

◎菩萨蛮

润州和元素

玉笙不受珠唇暖，离声凄咽胸填满。遗恨几千秋，心留人不留。

他年京国酒，堕泪攀枯柳。莫唱短因缘，长安远似天。

题解

作于宋神宗熙宁七年（1074）十月。傅藻《东坡纪年录》："甲寅，润州和元素。"毛晋汲古阁本《东坡词》词题作"感旧"。

注释

- **笙：** 吹奏乐器。有簧，熟铜为之，冬吹则须暖，以火炙，乐工谓之"暖笙"，簧暖则声清也。
- **珠唇：** 歌女的唇。
- **京国酒：** 古代京口名酒。京口即宋润州，为三国时吴国国都，故云。
- **攀枯柳：**《晋书》卷九八《桓温传》："温自江陵北伐，行经金城，见少为琅邪时所种柳，皆已十围，慨然曰：'木犹如此，人何以堪！'攀枝执条，泫然流涕。"
- **短因缘：**《太平广记》卷三四九引《纂异记》："鲍生者，有妾二人，遇外弟韦生有良马，鲍出妾为酒劝韦。韦请以马换妾，鲍许以抱胡琴者，仍命歌以送韦酒。既而妾又歌以送鲍酒，歌曰：‘风飐荷珠难暂圆，多生信有短因缘。西楼今夜三更月，还照离人泣断弦。’”因缘，佛家语。这里相当于“缘分”。

- **“长安”句：** 见《江城子》（翠蛾羞黛怯人看）注释“帝城天样远”。

◎采桑子

润州甘露寺多景楼，天下之殊景也。甲寅仲冬，余同孙巨源、王正仲参会于此，有胡琴者姿色尤好。三公皆一时英秀，景之秀，妓之妙，真为希遇。饮阑，巨源请于余曰：『残霞晚照，非奇才不尽。』余作此词。

多情多感仍多病，多景楼中，尊酒相逢，乐事回头一笑空。

停杯且听琵琶语，细捻轻拢，醉脸春融，斜照江天一抹红。

题解

作于宋神宗熙宁七年（1074）十月。《嘉定镇江志》卷一二《丹徒县 · 多景楼》：“东坡先生，熙宁甲寅岁自杭过润，与孙巨源、王正仲会于此，赋‘江天斜照’，传于乐府。”傅注本词题作“润州多景楼与孙巨源相遇”。

注释

- **多景楼：**位于镇江北固山甘露寺内。《京口志》：“甘露寺有多景楼，中刻东坡熙宁甲寅与孙巨源辈会此，赋《采桑子》词，碑石今尚存。”
- **孙巨源：**即孙洙，字巨源，扬州人。登进士第，官至翰林学士，知制诰。《宋史》卷三二一《孙洙传》：“孙洙，字巨源，广陵人。羁丱能文，未冠擢进士。包拯、欧阳修、吴奎举应制科，进策五十篇，指陈政体，明白剀切。韩琦读之，太息曰：‘恸哭流涕，极论天下事，今之贾谊也。’再迁集贤校理、知太常礼院。”

- **尊酒相逢：**尊，古代盛酒的酒器。唐·韩愈《赠郑兵曹》诗："尊酒相逢十载前，君为壮夫我少年。尊酒相逢十载后，我为壮夫君白首。"
- **琵琶语：**宴会上歌伎用琵琶弹奏的乐曲。唐·白居易《琵琶行》诗："今夜闻君琵琶语，如听仙乐耳暂明。"
- **细捻轻拢：**捻和拢都是弹奏弦乐器的手法。

◎醉落魄

席上呈杨元素

分携如昨，人生到处萍飘泊。偶然相聚还离索。多病多愁，须信从来错。

尊前一笑休辞却，天涯同是伤沦落。故山犹负平生约。西望峨嵋，长羡归飞鹤。

题解

作于宋神宗熙宁七年（1074）。为苏轼赴密州途中与杨元素在润州分手时所作。傅藻《东坡纪年录》："熙宁七年甲寅，离京口，呈元素，作《醉落魄》。"

注释

- **分携如昨：**分携，离别。如昨，熙宁四年（1071），苏轼出任杭州通判，在京城与杨绘分别，如今又在润州分别，情景近似，就好像昨天刚刚发生的一样。
- **萍飘泊：**如浮萍一般漂泊不定。这里形容宦游生活有如浮萍一般踪迹不定。
- **离索：**离群索居。
- **"天涯"句：**杨绘因不满王安石变法而外放，故云。唐·白居易《琵琶行》诗："同是天涯沦落人，相逢何必曾相识。"
- **"故山"句：**违背了归隐故乡的素愿。唐·白居易《寄王质夫》诗："去处虽不同，同负平生约。"

◦ **峨嵋：**峨眉山，在眉州西南。这里借指作者与杨绘的故乡。《峨眉郡志》：“云鬘凝翠，鬒黛遥妆，真如螓首蛾眉，细而长，美而艳也，故名峨眉山。”

◦ **归飞鹤：**《神仙传》卷九《苏仙公传》：“苏仙公者，桂阳人也，汉文帝时得道……先生洒扫门庭，修饰墙宇。友人曰：‘有何邀迎？’答曰：‘仙侣当降。’俄顷之间，乃见天西北隅紫云氤氲，有数十白鹤，飞翔其中，翩翩然降于苏氏之门，皆化为少年，仪形端美，如十八九岁人，怡然轻举。先生敛容逢迎。乃跪白母，曰：‘某受命当仙，被召有期，仪卫已至，当违色养。’即便拜辞。……耸身入云，紫云捧足，群鹤翱翔，遂升云汉而去。”

◎沁园春

赴密州，早行，马上寄子由。

孤馆灯青，野店鸡号，旅枕梦残。渐月华收练，晨霜耿耿，云山摛锦，朝露漙漙。世路无穷，劳生有限，似此区区长鲜欢。微吟罢，凭征鞍无语，往事千端。

当时共客长安，似二陆初来俱少年。有笔头千字，胸中万卷，致君尧舜，此事何难。用舍由时，行藏在我，袖手何妨闲处看。身长健，但优游卒岁，且斗尊前。

题解

作于宋神宗熙宁七年（1074）十月。苏轼自海州赴密州途中，作此词寄给当时在齐州（治今山东济南）任职的弟弟苏辙。王文诰《苏诗总案》卷一二：“公时由海州赴密，不复绕道至齐一视子由，故其词如此耳。”

注释

- **子由：**苏辙，苏轼弟，字子由。
- **孤馆：**孤寂的客舍。
- **月华收练：**月华，月光。练，指月亮所发之光如白练。收练，指月亮收起光芒。
- **耿耿：**明亮的样子。南齐·谢朓《暂使下都夜发新林至京邑赠西府同僚》诗：“秋河曙耿耿，寒渚夜苍苍。”
- **摛(chī)锦：**铺陈、舒展开的锦缎。汉·班固《西都赋》：“若摛锦布绣，烛耀乎其陂。”
- **溥溥：**露水繁多的样子。《诗经·郑风·野有蔓草》：“野有蔓草，零露溥兮。”

- **劳生：** 辛劳忙碌的人生。
- **区区长鲜：** 区区，奔波劳碌貌。这里形容自己处境不顺。鲜，少。
- **共客长安：** 兄弟二人于嘉祐年间客居汴京应试。长安，代指汴京。
- **二陆：** 西晋陆机、陆云兄弟二人。此处喻指苏轼、苏辙兄弟。《晋书》卷五四《陆云传》：“（陆云）少与兄机齐名，虽文章不及机，而持论过之，号曰‘二陆’。”
- **致君尧舜：** 回忆年少时与弟弟子由在汴京时许下的远大抱负。唐·杜甫《奉赠韦左丞丈二十二韵》诗：“致君尧舜上，再使风俗淳。”
- **“用舍”二句：** 任用与否取决于时势，入世与出世的抉择在于自己。《论语·述而》：“子谓颜渊曰：‘用之则行，舍之则藏，惟我与尔有是夫。’”
- **优游卒岁：** 就这样悠闲、洒脱地过一生。《左传·襄公二十一年》引诗：“优哉游哉，聊以卒岁。”
- **斗尊前：** 指饮酒。

◎永遇乐

孙巨源以八月十五日离海州，坐别于景疏楼上。既而与余会于润州，至楚州乃别。余以十一月十五日至海州，与太守会于景疏楼上，作此词以寄巨源。

长忆别时，景疏楼上，明月如水。美酒清歌，留连不住，月随人千里。别来三度，孤光又满，冷落共谁同醉。卷珠帘、凄然顾影，共伊到明无寐。

今朝有客，来从濉上，能道使君深意。凭仗清淮，分明到海，中有相思泪。而今何在，西垣清禁，夜永露华侵被。此时看、回廊晓月，也应暗记。

题解

作于宋神宗熙宁七年（1074）十一月十五日。此词编年，众说纷纭。一般认为，苏轼在孙巨源离海州三月后经行此地，十一月十五日登上景疏楼，想起与巨源润州相遇、楚州分手的往事，遂作此词。毛晋汲古阁本《东坡词》词题作“寄孙巨源”。

注释

- **“孙巨源”句：**详见《采桑子》（多情多感仍多病）注释“孙巨源”。海州，今江苏灌云西南。景疏楼，在海州东北，宋叶祖洽因仰慕汉人二疏而建。二疏，即疏广、疏受。
- **长忆：**永远怀念。唐·李白《金陵城西楼月下吟》诗：“解道澄江净如练，令人长忆谢玄晖。”
- **不住：**无法停留。
- **“月随”句：**感叹友人难留，只有月光随人千里而行，有“千里共婵娟”之意。南朝宋·谢庄《月赋》：“美人迈兮音尘阙，隔千里兮共明月。”

- **别来三度：** 指孙巨源离景疏楼后的三次月圆：八月十五日为一度；九月十五日为二度；今十一月十五日苏轼登此楼作词以寄，恰为三度。苏轼《诗集·次韵孙巨源寄涟水李盛二著作并以见寄五绝》自注云："昔与巨源、刘贡父、刘莘老相遇于山阳，自尔契阔，惟巨源近者复相见于京口。"
- **伊：** 第三人称代词。指明月。
- **客：** 从孙巨源处所来之人，转述孙氏思念之意。
- **濉（suī）：** 濉江，水名。《括地志》："睢水首受浚仪县浪荡渠水，东经临虑县入泗。"
- **使君：** 指孙巨源。
- **凭仗清淮：** 凭仗，凭借。清淮，指淮河。
- **西垣清禁：** 西垣，指中书省。中书省别称另有西台、西掖。清禁，指皇宫。这里指孙洙在宫中寓值处。
- **露华：** 露水。唐·李白《清平调三首》其一诗："云想衣裳花想容，春风拂槛露华浓。"

◎蝶恋花

密州上元

灯火钱塘三五夜，明月如霜，照见人如画。帐底吹笙香吐麝，更无一点尘随马。

寂寞山城人老也，击鼓吹箫，却入农桑社。火冷灯稀霜露下，昏昏雪意云垂野。

题解

作于宋神宗熙宁八年（1075）正月十五日。苏轼由杭州通判调任密州，十一月三日到任，次年正月十五作此词。

注释

- **上元：**农历正月十五日为上元节，又称元宵节。《资治通鉴》卷二五七《唐纪·僖宗光启三年》："郑杞、董瑾谋因中元夜，邀高骈至其第建黄篆斋。"胡三省注："道书以正月十五为上元，七月十五为中元，十月十五为下元。"
- **钱塘三五夜：**钱塘，即杭州。三五，即正月十五日元宵节。
- **"帐底"句：**帐底，帐中。麝，又名香獐，其脐部的麝香可作香料，亦可入药，此借指香气。
- **尘随马：**因骏马奔腾而泛起的尘土。唐·苏味道《正月十五夜》诗："暗尘随马去，明月逐人来。"
- **"击鼓"二句：**写当地农民为祈丰年而设的农桑社祭。《周礼注疏》卷一二："以雷鼓鼓神祀，以灵鼓鼓社祭。"注："社祭，祭地祇也。"农桑社，农村祭神的场所。

◎江城子

乙卯正月二十日夜记梦

十年生死两茫茫。不思量，自难忘。千里孤坟，无处话凄凉。纵使相逢应不识，尘满面，鬓如霜。

夜来幽梦忽还乡。小轩窗，正梳妆。相顾无言，惟有泪千行。料得年年肠断处，明月夜，短松冈。

题解

作于宋神宗熙宁八年（1075）正月二十日。此为悼亡词，是熙宁八年苏轼知山东密州后所作，时年四十岁。王文诰《苏诗总案》卷一三：“词注谓公悼亡之作，考通义君卒于治平二年乙巳（1065），至是熙宁八年乙卯正十年也。”至和元年（1054），苏轼与王弗结为夫妇。王弗为眉州青神人，治平二年五月卒于汴京，时年二十七岁。次年六月，归葬于眉州彭山县安镇乡可龙里苏轼父母墓侧。

注释

- **“十年”句：**王弗卒于宋英宗治平二年（1065），距作此悼亡词时已整整十年。两茫茫，阴阳相隔，两地茫茫，一在人间，一在泉下。
- **千里孤坟：**王弗葬于四川眉山，与密州相隔数千里之遥，故云。苏轼《亡妻王氏墓志铭》：“治平二年五月丁亥，赵郡苏轼之妻王氏，卒于京师。六月甲午，殡于京城之西。其明年六月壬午，葬于眉之东北彭山县安镇乡可龙里，先君、先夫人墓之西北八步。轼铭其墓曰：君讳弗，眉之青神人，乡贡进士方之女。生十有六年，而归于轼。有子迈。”

- **幽梦：**隐约的梦境。唐·李商隐《银河吹笙》诗：“重衾幽梦他年断，别树羁雌昨夜惊。”

- **轩：**室，代指闺房。

- **“料得”三句：**唐·孟棨《本事诗·征异第五》张姓妻赠张诗：“欲知肠断处，明月照孤坟。”短松冈，指王弗墓。

◎雨中花慢

初至密州，以累年旱蝗，斋素累月。方春牡丹盛开，遂不获一赏。至九月，忽开千叶一朵，雨中特为置酒，遂作。

今岁花时深院，尽日东风，轻飏茶烟。但有绿苔芳草，柳絮榆钱。闻道城西，长廊古寺，甲第名园。有国艳带酒，天香染袂，为我留连。

清明过了，残红无处，对此泪洒尊前。秋向晚、一枝何事，向我依然。高会聊追短景，清商不假余妍。不如留取，十分春态，付与明年。

题解

作于宋神宗熙宁八年（1075年）九月。苏轼在密州任所置酒会客，咏秋日牡丹。

注释

- **“以累”二句：**累年，连年、历年。旱蝗，旱灾和蝗灾。斋素，持斋吃素。
- **轻飏：**轻轻飘扬。唐·杜牧《题禅院》诗：“今日鬓丝禅榻畔，茶烟轻飏落花风。”
- **柳絮榆钱：**出自苏轼《次韵田国博部夫南京见寄》诗：“深红落尽东风恶，柳絮榆钱不当春。”
- **古寺：**指诸城之南禅寺、资福寺。苏轼《玉盘盂》诗序有云：“东武旧俗，每岁四月，大会于南禅、资福两寺，以芍药供佛。而今岁最盛，凡七千余朵，皆重跗累萼，繁丽丰硕。中有白花，正圆如覆盂，其下十余叶，稍大，承之如盘，姿格绝异，独出于七千朵之上，云得之于城北苏氏园中，周宰相莒公之别业也。”

甲第：豪门贵族的宅第。《史记》卷一二《孝武本纪》："赐列侯甲第，僮千人。"裴骃《史记集解》引《汉书音义》："有甲乙第次，故曰第。"

国艳、天香：指牡丹。

"高会"句：高会，指盛大的宴会。短景，短暂的时光，指花期。

"清商"句：清商，指秋风。因商声较为悲凉，故古人将五音中的商声与秋季相对。《文选》注："王逸《楚辞注》曰：'商风，西风也，秋气起，则西风急驰。"不假余妍，牡丹艳丽的时日不长久了。不假，不假借，不给予。妍，美丽。

◎江城子

密州出猎

老夫聊发少年狂。左牵黄，右擎苍。锦帽貂裘，千骑卷平冈。为报倾城随太守，亲射虎，看孙郎。

酒酣胸胆尚开张。鬓微霜，又何妨。持节云中，何日遣冯唐。会挽雕弓如满月，西北望，射天狼。

题解

作于宋神宗熙宁八年（1075）初冬。苏轼知密州。《苏轼文集》卷五三《与鲜于子骏书》：“近却颇作小词，虽无柳七郎风味，亦自是一家。呵呵。数日前，猎于郊外，所获颇多。作得一阕，令东州壮士抵掌顿足而歌之，吹笛击鼓以为节，颇壮观也。写呈取笑。”

注释

- **“左牵”二句：** 牵犬擎鹰。喻指狩猎之时的英雄气概。
- **锦帽貂裘：** 锦蒙帽与貂皮袍。
- **“千骑”句：** 一人一马合称骑。千骑，喻太守的身份。傅注：“古诸侯千乘。今太守，古诸侯也，故出拥千骑。”卷平冈，乘马飞驰之势，极写围猎气势盛大。
- **倾城：** 全城百姓皆出来围观。
- **“亲射”二句：** 自比孙权射虎时的英雄气概。孙郎，指孙权。《三国志》卷四七《吴书 · 吴主传》：“（建安）二十三年十月，权将如吴，亲乘马射虎于庱（chěng）亭（今江苏丹阳东）。马为虎所伤，权投以双戟，虎却废，常从张世击以戈，获之。”

- **“酒酣”句：**酒意正浓，胆气雄壮。尚，更加。
- **持节云中：**持节，古代使臣出行，执符节以为凭证。云中，位于今内蒙古自治区托克托县及山西西北部。
- **冯唐：**《汉书》卷五〇《冯唐传》：“‘愚（冯唐）以为陛下法太明，赏太轻，罚太重。且云中守尚坐上功首虏差六级，陛下下之吏，削其爵，罚作之。繇此言之，陛下虽得李牧，不能用也。臣诚愚，触忌讳，死罪。’文帝说，是日，令唐持节赦魏尚，复以为云中守，而拜唐为车骑都尉，主中尉及郡国车士。”
- **“会挽”句：**会，将。雕弓，有彩绘的弓。如满月，奋力拉弓像满月一样圆。
- **天狼：**星宿名。古代传说主侵略。此处暗指当时西夏。

◎水龙吟

赠赵晦之吹笛侍儿

楚山修竹如云，异材秀出千林表。龙须半剪，凤膺微涨，玉肌匀绕。木落淮南，雨晴云梦，月明风袅。自中郎不见，桓伊去后，知孤负，秋多少。

闻道岭南太守，后堂深、绿珠娇小。绮窗学弄，《梁州》初遍，《霓裳》未了。嚼徵含宫，泛商流羽，一声云杪。为使君洗尽，蛮风瘴雨，作《霜天晓》。

题解

作于宋神宗元丰三年（1080）十一月。此词作年众说纷纭。孔平仲《孔氏谈苑》卷二《赵昶婢善吹》："朝士赵昶有两婢，善吹笛。知藤州日，以丹砂遗子瞻，子瞻以蕲笛报之，并有二曲，其词甚美，云：'木落淮南，雨晴云梦，日斜风袅。'又云：'自桓伊不见，中郎去后，知孤负秋多少。'断章云：'为使君洗尽蛮风瘴雨，作清霜晓。'昶曰：'子瞻骂我矣。'昶，南雄州人，意谓子瞻以蛮风讥之。"孔凡礼《苏轼年谱》云："赵昶（晦之）知藤州，简昶忧南方兵事。昶在藤馈丹砂，报以蕲笛，赋《水龙吟》赠昶侍儿。"并将此词编于元丰三年十一月，作于黄州。据词中之"岭南太守""蛮风瘴雨"等内容，孔说较为确当。

注释

- **赵晦之：** 名昶，字晦之，本蜀人，因其父棠曾官南海（今广州市），遂为南海人。曾任楚州团练判官，后以大理寺丞知藤州（今广西藤县）。作此词时，赵知藤州。

“**楚山**”**二句：**楚山修竹，古代蕲州（今湖北省蕲春县）出高竹。修，长。表，外。傅注：“今蕲州笛材，故楚地也。”

“**龙须**”**三句：**龙须，指首颈处节间所留纤枝。剪，挥动。凤膺，凤凰的胸脯，指节以下若膺处。玉肌，美玉一般的肌肤，指竹子外表光洁。傅注：“笛制取良篺通洞之，若于首颈处，则存一节，节间留纤枝，剪而束之。节以下若膺处则微涨，而全体皆要匀净。若《汉书》所谓生其窍厚均者，断两节间而吹之。审如是，然后可制，故能远可通灵达微，近可以写情畅神。谓之龙须、凤膺、玉肌，皆取其美好之名也。”

“**木落**”**三句：**傅注：“善吹笛者，必俟气肃天清，风微月亮，聊作一二弄，遂臻其妙。”淮南，淮河以南，这里指蕲州。云梦，即古代云梦泽。在今湖北天门西。袅，形容微风吹拂。

中郎：傅注：“蔡邕初避难江南，宿于柯亭之馆，以竹为椽。邕仰而盼之，曰：‘此良竹也。’取以为笛，奇声独绝，历代传之至于今。邕尝为中郎将。”中郎将，指蔡邕。

桓伊：东晋人，善吹笛，为江南第一。

“**知孤**”**二句：**不知辜负了多少岁月。修竹生在楚山，因无人赏识，多少年来未被做成笛。

“**闻到**”**三句：**岭南太守，指赵晦之。绿珠，这里喻指赵晦之家妓。《晋书》卷三三《石崇传》:“崇有妓曰绿珠，美而艳，善吹笛。”

“绮窗”三句： 绮窗，雕刻或绘饰得很精美的窗户。弄，演奏。《梁州》《霓裳》，皆为古曲名。《杨妃外传》:“《梁州》，乃开元间西凉州所献之曲也。其词则贵妃为之。天宝初，罗公远侍明皇中秋宴，公远奏曰：‘陛下能从臣月宫游乎？’命取桂枝杖，向空掷之为大桥，色如白金。上同行数十里，至大城阙，公远曰：‘此月宫也。’仙女数百，素衣飘然，舞于广庭中。上问：‘此为何曲？’曰：‘《霓裳羽衣曲》也。’上密记其声节，及回，即喻伶人象其音调，制为《霓裳羽衣》之曲。初遍者，今乐府诸大曲，凡数十解，于撷前则有排遍，撷后则有延遍。此谓之初遍，岂非排遍之首谓乎？”

“嚼徵”三句： 笛声包含徵调和宫调，又吹起缓和的商调和羽调。战国·宋玉《对楚王问》:“引商刻羽，杂以流徵，国中属而和者，不过数人。”嚼、含，指品味笛曲。泛、流，指笛声优美流畅。云杪（miǎo），云端。形容笛声高亢入云。傅注：“诸乐器中，唯笛有穿云裂石之声。”

“为使”三句： 使君，指赵晦之，时知藤州。蛮风瘴雨，古代北方人称岭南是蛮烟瘴雨之乡。霜天晓，即《霜天晓角》，乐曲名。同时也喻指为赵使君洗去蛮烟瘴雨的污浊之气。

◎蝶恋花

微雪，客有善吹笛击鼓者，方醉中，有人送《苦寒诗》求和，遂以此答之。

帘外东风交雨霰。帘里佳人，笑语如莺燕。深惜今年正月暖，灯光酒色摇金盏。

掺鼓《渔阳》挝未遍。舞褪琼钗，汗湿香罗软。今夜何人吟古怨，清诗未了冰生砚。

题解

作于宋神宗熙宁九年（1076）正月。正月春夜，和作于密州文勋席上。王文诰《苏诗总案》卷一四："熙宁九年丙辰，正月春夜，文勋席上作《蝶恋花》词。"毛晋汲古阁本《东坡词》词题作"密州冬夜文安国席上作"。文勋，字安国，庐江（今属安徽）人，官太府寺丞，工于篆、画。苏轼《文勋篆铭》："世人篆字，隶体不除。如浙人语，终老带吴。安国用笔，意在隶前。汲冢鲁壁，周鼓秦山。"

注释

- **交雨霰(xiàn)：**雨雪交加。霰，雪粒。《诗经·小雅·頍(kuǐ)弁(biàn)》："如彼雨雪，先集维霰。"
- **金盏：**金制杯盏。
- **掺(càn)鼓《渔阳》挝(zhuā)：**掺鼓，击鼓。《渔阳》挝，鼓曲名。
- **琼钗：**玉钗。
- **古怨：**古人之怨情。

◎满江红

正月十三日，雪中送文安国还朝。

天岂无情，天也解、多情留客。春向暖、朝来底事，尚飘轻雪。君遇时来纡组绶，我应老去寻泉石。恐异时、杯酒复相思，云山隔。

浮世事，俱难必。人纵健，头应白。何辞更一醉，此欢难觅。不用向佳人诉离恨，泪珠先已凝双睫。但莫遣、新燕却来时，音书绝。

题解

作于宋神宗熙宁九年（1076）正月。熙宁八年十一月，太府寺丞文勋因事来到密州，熙宁九年正月离密还朝，此词即为送文氏还朝而作，与《立春日病中邀安国仍请率禹功同来仆虽不能饮》诗二首及前首《蝶恋花》词作于同时，而略有先后。

注释

- **底事：**何事。
- **纡组绶：**纡，系，结。组绶，古代官员系玉的丝带。此指文安国赴朝升官。
- **老去寻泉石：**老，告老辞官，致仕。泉石，指山水，此指隐居之处。
- **“浮世”二句：**浮世，浮沉聚散的人世。难必，难以预料。
- **凝：**盈，聚集。
- **“但莫”三句：**古代传说燕能传书，故词人希望春天新燕来时并捎来书信。音书，音讯，书信。

◎望江南

超然台作

春未老，风细柳斜斜。试上超然台上看，半壕春水一城花，烟雨暗千家。

寒食后，酒醒却咨嗟。休对故人思故国，且将新火试新茶，诗酒趁年华。

题解

作于宋神宗熙宁九年（1076）春。寒食节后，苏轼于密州超然台作。

注释

- **超然台：**位于密州北城墙上，苏轼加以修葺，苏辙取名“超然”，为苏轼与友人相聚唱和之所。
- **壕：**护城河。
- **寒食：**节令名，时在清明前一日或二日。相传重耳为纪念介子推，自此日起禁火三日，吃冷食，后相沿成俗，故称“寒食”。
- **咨嗟：**叹息。唐·李白《蜀道难》诗：“蜀道之难，难于上青天，侧身西望长咨嗟。”
- **新火试新茶：**寒食节禁火，节后一日始生火，称“新火”。新茶，指寒食前采制之火前茶。宋·胡仔《苕溪渔隐丛话》前集卷四六引《学林新编》：“茶之佳品，造在社前；其次则火前，谓寒食节前也；其下则雨前，谓谷雨前也。”

◎又

春已老，春服几时成？曲水浪低蕉叶稳，舞雩风软纻罗轻，酣咏乐升平。

微雨过，何处不催耕。百舌无言桃李尽，柘林深处鹁鸪鸣，春色属芜菁。

题解

作于宋神宗熙宁九年（1076）暮春。本词与前词同时而稍后。

注释

- **“春已”二句：** 春光已逝，春服几时制成？《论语 · 先进》：“莫春者，春服既成，冠者五六人，童子六七人，浴乎沂，风乎舞雩（yú），咏而归。”春服，春天所穿的夹衣。
- **“曲水”句：** 指曲水流觞。古代风俗，阴历三月初三上巳日，于水边宴饮，以除不祥。南朝 · 吴均《续齐谐记》：“晋武帝问尚书郎挚虞仲洽：‘三月三日曲水，其义何旨？’答曰：‘汉章帝时，平原徐肇以三月初生三女，至三日俱亡，一村以为怪。乃相与至水滨盥洗，因流以滥觞，曲水之义，盖自此矣。’帝曰：‘若如所谈，便非嘉事也。’尚书郎束皙进曰：‘挚虞小生，不足以知此。臣请说其始。昔周公成洛邑，因流水泛酒，故逸诗云：羽觞随波流。又秦昭王三月上巳，置酒河曲，见金人自河而出，奉水心剑曰：令君制有西夏。及秦霸诸侯，乃因此处立为曲水。二汉相缘，皆为盛集。’帝曰：‘善。’赐金五十斤，左迁仲洽为城阳令。”蕉叶，蕉叶状酒杯，喻酒杯。

- **“舞雩”句：**舞雩，古坛名，在今山东曲阜，鲁国时祭祀求雨之用。此处借指春游的亭台。纻罗，指麻织和丝织的春服。纻，苎麻纤维织成的布。罗，轻软的丝织品。

- **“酣咏”句：**酣畅淋漓之间开始吟诗歌咏。升平，太平。唐·宋之问《寒食还陆浑别业》诗：“野老不知尧舜力，酣歌一曲太平人。”

- **催耕：**催促春耕。唐·杜甫《洗兵马》诗：“田家望望惜雨干，布谷处处催春种。”

- **百舌：**鸟名，又名角舌、反舌。《虫荟》：“角舌，伯劳之一种，一名反舌。似伯劳而小，全体黑色，喙甚尖，色黄黑相杂，鸣声圆滑。人或畜之，至冬则死。”

- **“柘林”句：**柘林，桑科，灌木林。鹁（bó）鸪，鸟名。天将雨，其鸣甚急，故俗称水鹁鸪。宋·梅尧臣《送江阴佥判晁太祝》诗：“江田插秧鹁鸪雨，丝网得鱼云母鳞。”

- **芜菁：**蔬菜，根块可食，又名蔓菁。唐·韩愈《感春三首》其二诗：“黄黄芜菁花，桃李事已退。”

◎满江红

东武会流杯亭，上巳日作。城南有坡，土色如丹，其下有堤，壅郏淇水入城。

东武南城，新堤就、郏淇初溢。微雨过、长林翠阜，卧红堆碧。枝上残花吹尽也，与君试向江头觅。问向前、犹有几多春，三之一。

官里事，何时毕？风雨外，无多日。相将泛曲水，满城争出。君不见兰亭修禊事，当时坐上皆豪逸。到如今、修竹满山阴，空陈迹。

题解

宋神宗熙宁九年（1076）三月上巳日作于密州。王文诰《苏诗总案》卷一四："三月三日流觞于南禅小亭作《满江红》词。"傅注本作"东武会流杯亭"。

注释

- **"城南"句：** 壅，堵塞。郏（fū）淇，水名，由郏河、淇河于密州城南汇集而成，东北流入潍河。《苏轼诗集》卷一四《别东武流杯》查慎行注引《名胜志》："诸城县有柳林河，出石门山，流经县西北，入于郏淇，密人为上巳祓除之所。"
- **阜：** 土山。
- **卧红：** 经雨水打落的花瓣。
- **江头：** 指郏淇水边。
- **向前：** 往前，未来。
- **曲水：** 南朝梁·宗懔《荆楚岁时记》："三月三日，都人并出水渚，为流杯曲水之饮。"

- **兰亭修禊事：** 晋·王羲之《兰亭集序》：“永和九年，岁在癸丑，暮春之初，会于会稽山阴之兰亭，修禊事也。群贤毕至，少长咸集。此地有崇山峻岭，茂林修竹，又有清流激湍，映带左右，引以为流觞曲水，列坐其次。虽无丝竹管弦之盛，一觞一咏，亦足以畅叙幽情。”
- **豪逸：** 指才智杰出、豪放洒脱之人。
- **“到如”二句：** 用《兰亭集序》句：“此地有崇山峻岭，茂林修竹……向之所欣，俯仰之间，以为陈迹。”空，只，徒。

◎水调歌头

丙辰中秋，欢饮达旦，大醉，作此篇，兼怀子由。

明月几时有，把酒问青天。不知天上宫阙，今夕是何年。我欲乘风归去，惟恐琼楼玉宇，高处不胜寒。起舞弄清影，何似在人间。

转朱阁，低绮户，照无眠。不应有恨，何事长向别时圆。人有悲欢离合，月有阴晴圆缺，此事古难全。但愿人长久，千里共婵娟。

题解

作于宋神宗熙宁九年（1076）中秋。熙宁九年丙辰，苏轼来守密州，时年四十一岁。是年中秋，于超然台欢饮达旦，作《水调歌头》兼怀苏辙，见苏轼另一首《水调歌头》（安石在东海）小序。

注释

- **达旦：**天亮。
- **子由：**即苏辙，时在齐州（今山东济南）书记任。详见《沁园春》（孤馆灯青）注释“子由”。
- **“明月”二句：**几时，何时。唐·李白《把酒问月》诗：“青天有月来几时，我今停杯一问之。”
- **宫阙：**指月宫。
- **今夕：**今晚、当晚。《诗经·唐风·绸缪》：“今夕何夕，见此良人。”
- **乘风：**《列子》卷上《黄帝》：“（列子）随风东西，犹木叶干壳，竟不知风乘我邪，我乘风乎。”

◌ **琼楼玉宇：**指月中宫殿。唐·段成式《酉阳杂俎》卷二《壶史》："翟天师名乾祐，峡中人。……曾于江岸与弟子数十玩月，或曰：'此中竟何有？'翟笑曰：'可随吾指观。'弟子中两人见月规半天，琼楼金阙满焉，数息间，不复见。"

◌ **不胜寒：**令人难以忍受的寒冷。傅注："《明皇杂录》：八月十五夜，叶静能邀上游月宫，将行，请上衣裘而往。及至月宫，寒凛特异，上不能禁。静能出丹二粒进，上服之，乃止。"

◌ **"起舞"句：**在月光下翩翩起舞，身影随之而动。唐·李白《月下独酌》诗："举杯邀明月，对影成三人。月既不解饮，影徒随我身。暂伴月将影，行乐须及春。我歌月徘徊，我舞影零乱。"

◌ **"转朱"三句：**写月亮转过红色楼阁，低映雕绘的门窗，照得人一夜无眠。

◌ **"不应"二句：**月亮对人们不应有怨恨，但为什么趁着人们离别孤独的时候才圆呢？宋·司马光《温公续诗话》："李长吉歌'天若有情天亦老'，人以为奇绝无对。曼卿对'月如无恨月常圆'，人以为勍（qíng）敌。"

◌ **婵娟：**美好貌。此以婵娟代指月亮。唐·许浑《怀江南同志》诗："唯应洞庭月，万里共婵娟。"

◎画堂春

寄子由

柳花飞处麦摇波，晚湖净，鉴新磨。小舟飞棹去如梭，齐唱采菱歌。

平野水云溶漾，小楼风日晴和。济南何在暮云多，归去奈愁何。

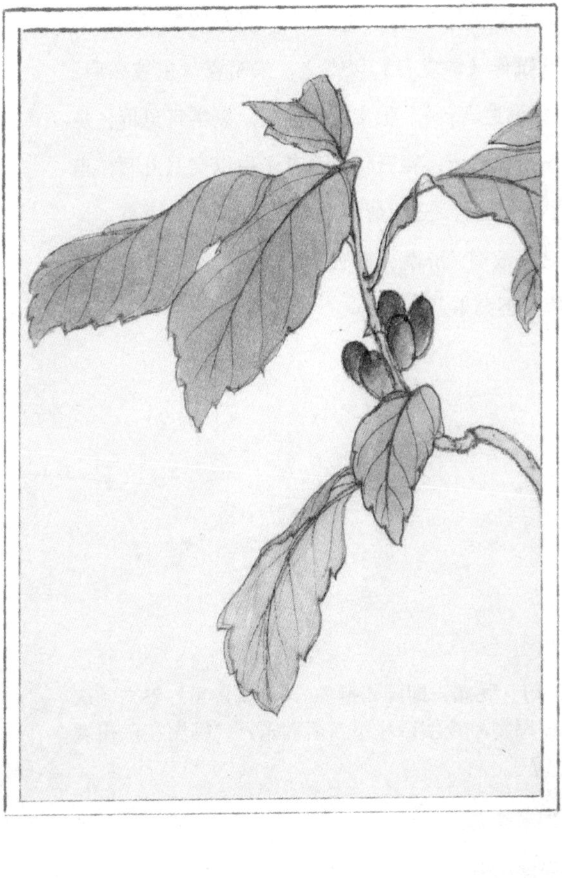

题解

作于宋神宗熙宁九年（1076）九月。苏辙将罢齐州掌书记任返京，苏轼作《画堂春》以寄之。朱祖谋《东坡乐府》卷一："案《颍滨遗老传》：张文定知淮阳，以学官见辟，从之三年。授齐州掌书记，复三年……考子由以癸丑九月，自陈至齐，迨丙辰九月，三年成资罢任，即以上书还京。词必于是时寄之，故有'济南''归去'等语。前段则追述辛亥七八月同游陈州柳湖事。"

注释

- **"晚湖"二句：**晚湖，即陈州柳湖。《苏轼诗集》卷六《次韵子由柳湖感物》查慎行注引《名胜志》："柳湖在陈州城北。"鉴，镜子。
- **采菱歌：**即采菱曲。
- **溶漾：**波光浮动貌。

“济南”句：济南，宋府名，宋时属京东路。暮云，唐·杜甫《春日忆李白》诗：‘渭北春天树，江东日暮云。’”后因以“暮云春树”喻对友人的思念。此谓暮云遮住望眼，看不见济南。

归去：子由将任满召还，故云。

◎江城子

前瞻马耳九仙山。碧连天，晚云闲。城上高台，真个是超然。莫使匆匆云雨散，今夜里，月婵娟。

小溪鸥鹭静联拳。去翩翩，点轻烟。人事凄凉，回首便他年。莫忘使君歌笑处，垂柳下，矮槐前。

题解

作于宋神宗熙宁九年（1076）十月。王文诰《苏诗总案》卷一四：“熙宁九年丙辰，十月，晚登超然台望月作《江城子》词。”又云：“公《和周邠寄雁荡山图》诗，自注已有‘将赴河中’之语，而作此词尤有去意，信为是年冬后所作。”

注释

- **马耳九仙山：**郦道元《水经注》卷二六《潍水》：“马耳山，山高百丈，上有二石并举，望其马耳，故世取名焉。”邹王注：“九仙山，在诸城市南九十里。”苏轼《次韵周邠寄雁荡山图二首》诗：“二华行看雄陕右，九仙今已压京东。”作者自注：“将赴河中，密迩太华，九仙在东武，奇秀不减雁荡也。”
- **超然：**即超然台。见《望江南》（春未老）注释“超然台”。
- **联拳：**屈曲貌。唐·杜甫《雕赋》：“联拳拾穗，长大如人。”
- **使君：**作者自指。

◎南乡子

席上劝李公择酒

不到谢公台，明月清风好在哉。旧日髯孙何处去，重来，短李风流更上才。

秋色渐摧颓，满院黄英映酒杯。看取桃花春二月，争开，尽是刘郎去后栽。

题解

宋神宗熙宁七年（1074）九月，作于湖州李常席上。时李常任湖州知州。王文诰《苏诗总案》卷一二："公既发（按谓自杭州出发将赴密州），杨绘复远送之，而陈舜俞、张先皆从，遂同访李常于湖州……席上劝李常酒，再作《南乡子》词。""词有'髯孙''短李'句，亦湖州作。"

注释

- **谢公台：** 傅注："谢公台在维扬。"维扬即扬州。
- **明月清风好在：** 唐·李白《襄阳歌》："清风朗月不用一钱买，玉山自倒非人推。"好在，犹言无恙。
- **髯孙：** 本指孙权。此指孙觉，为湖州前任知州。
- **短李：** 唐李绅为人矮小精悍，于诗最有名，时号"短李"。唐·白居易《编集拙诗成一十五卷因题卷末戏赠元九李二十》诗："一篇长恨有风情，十首秦吟近正声。每被老元偷格律，苦教短李伏歌行。"

- **摧颓：**衰败。
- **黄英：**指菊花。
- **刘郎：**本指刘禹锡，这里借指孙觉。见《阮郎归》（一年三度过苏台）注释“刘郎”。

◎蝶恋花

暮春别李公择

簌簌无风花自堕。寂寞园林，柳老樱桃过。落日有情还照坐，山青一点横云破。路尽河回人转柁。系缆渔村，月暗孤灯火。凭仗飞魂招楚些，我思君处君思我。

题解

作于宋神宗元丰元年（1078）三月。元丰元年二月，苏轼于徐州任所送别李常，其《送李公择》诗云："欲别不忍言，惨惨集百忧。"可见友情之深厚。王文诰《苏诗总案》卷一六云："元丰元年戊午，三月寒食日，李常来访，公方出督城工，李常招以三绝，还作和诗。"诰案："《东都事略》：李常时由齐州徙淮南西路提点刑狱，其来乃罢齐州任赴提刑时也。"

注释

- **簌簌**：花落状。
- **"柳老"句**：柳老，飞絮则为柳老之时。樱桃过，言樱桃花已开过。两句皆言时至暮春。樱桃，又名含桃、荆桃。
- **"山青"句**：横云破断处现出青山一点。
- **柁（duò）**：同"舵"。

◎**“凭仗”句：**凭仗，凭与仗同义，依仗。唐·元稹《苍溪县寄扬州兄弟》诗：“凭仗鲤鱼将远信，雁回时节到扬州。”邹王注：“楚些（suò），战国·屈原《楚辞·招魂》句尾，皆用‘些’字为语助词，故词人沿称‘楚些’。”

◎洞仙歌

江南腊尽，早梅花开后。分付新春与垂柳。细腰肢、自有入格风流，仍更是，骨体清英雅秀。永丰坊那畔，尽日无人，谁见金丝弄晴昼。断肠是飞絮时，绿叶成阴，无个事、一成消瘦。又莫是东风逐君来，便吹散眉间，一点春皱。

题解

作于宋神宗熙宁十年（1077）三月。傅注本有题序“咏柳”。邹王本云：“此词借柳而写闺愁，似为代妓咏怀之作。”

注释

- **分付：**交付，委托。此处意为垂柳透露出春天的消息。
- **细腰肢：**比喻柳枝。北周·庾信《和人日晚景宴昆明池诗》：“上林柳腰细，新丰酒径多。”
- **入格风流：**此处指合格入时的格调风韵。入格，合格入流。《南史》卷三一《张绪传》：“绪吐纳风流……刘悛之为益州，献蜀柳数株，枝条甚长，状若丝缕。时旧宫芳林苑始成，武帝以植于太昌灵和殿前，常赏玩咨嗟，曰：‘此杨柳风流可爱，似张绪当年时。’其见赏爱如此。”
- **清英雅秀：**指垂柳清雅出众。
- **“永丰”三句：**永丰坊，地名，在唐东都洛阳。孟棨《本事诗·事感第二》：“白尚书（居易）姬人樊素善歌，姬人小蛮善舞，尝为诗曰：‘樱桃樊素口，杨柳小蛮腰。’年既高迈，而小蛮方丰艳，因为杨柳之词以托意，曰：‘一树春风千万枝，嫩于金色软于丝。永丰坊里东南角，尽日无人属阿谁？’”

“又莫”三句：傅注引辛夤逊《柳》：“才闻暖律先偷眼，既待和风始展眉。”按，据《宋史》卷四七九，作者应为“幸夤逊”。春皱，形容如蛾眉般弯曲的柳叶似含春愁。便吹散眉间，一点春皱，则指吹散眉间之春愁，心情畅快。

◎阳关曲

中秋作

暮云收尽溢清寒，银汉无声转玉盘。此生此夜不长好，明月明年何处看。

题解

宋神宗熙宁十年（1077）中秋作于徐州。苏轼《书〈彭城观月诗〉》云：“余十八年前中秋夜，与子由观月彭城，作此诗，以《阳关》歌之。今复此夜，宿于赣上，方迁岭表，独歌此曲，聊复书之，以识一时之事，殊未觉有今夕之悲，悬知有他日之喜也。”此跋书于绍圣元年（1094）八月中秋，向前推十八年，即熙宁十年（1077）。傅注本题序作“中秋作，本名《小秦王》，入腔即《阳关》”。

注释

- **溢清寒：**晚间天气清凉。溢，充满而漫出来。
- **“银汉”句：**银汉，即银河、天河。唐·杜甫《月三首》其二诗：“不违银汉落，亦伴玉绳横。”玉盘，喻明月。唐·李白《古朗月行》诗：“小时不识月，唤作白玉盘。”

◎水调歌头

余去岁在东武，作《水调歌头》以寄子由。今年子由相从彭门百余日，过中秋而去，作此曲以别。余以其语过悲，乃为和之，其意以不早退为戒，以退而相从之乐为慰云。

安石在东海，从事鬓惊秋。中年亲友难别，丝竹缓离愁。一旦功成名遂，准拟东还海道，扶病入西州。雅志困轩冕，遗恨寄沧洲。岁云暮，须早计，要褐裘。故乡归去千里，佳处辄迟留。我醉歌时君和，醉倒须君扶我，惟酒可忘忧。一任刘玄德，相对卧高楼。

题解

宋神宗熙宁十年（1077）八月作于徐州。此为苏轼和苏辙词作，表现了作者不希望被世间名利所缚、渴望隐居的心态，也表现了兄弟二人的手足深情。

注释

- **彭门：** 指徐州。《大清一统志》："徐州府，《禹贡》徐州之域，古大彭氏国，春秋属宋为彭城邑，唐曰彭城郡，宋仍为徐州。"
- **"安石"二句：**《晋书》卷七九《谢安传》："谢安，字安石……寓居会稽，与王羲之及高阳许询、桑门支遁游处，出则渔弋山水，入则咏属文，无处世意……及万（安弟）黜废，安始有仕进志，时年已四十余矣。"东海，会稽（今浙江绍兴），东面濒临大海，故称东海。从事鬓惊秋，谓谢安出仕时鬓发已开始变白。从事，从政。
- **"中年"二句：**《晋书》卷八〇《王羲之传》："谢安尝谓羲之曰：'中年以来，伤于哀乐，与亲友别，辄作数日恶。'羲之曰：'年在桑榆，自然至此。顷正赖丝竹陶写，恒恐儿辈觉，损其欢乐之趣。'"丝竹，泛指管弦乐器。

- **“一旦”三句：**谢安功成名就之后一定会归隐会稽，不料后来抱病回京了。西州，代指东晋都城建康（今江苏南京）。
- **轩冕：**古代官员的车服，借指官位爵禄。
- **沧洲：**水滨，古代多用以指隐士的住处。南齐·谢朓《之宣城郡出新林浦向板桥》诗：“既欢怀禄情，复协沧洲趣。”
- **要褐裘：**穿上粗布衣裳。意为辞官归故里，当普通老百姓。褐裘，粗布袍子，指老百姓穿的衣服。《诗经·豳风·七月》：“无衣无褐，何以卒岁。”

◎浣溪沙

赠闾丘朝议，时还徐州。

一别姑苏已四年，秋风南浦送归船。画帘重见水中仙。

霜鬓不须催我老，杏丹依旧驻君颜。夜阑相对梦魂间。

题解

宋神宗熙宁十年（1077）八月作于徐州。王文诰《苏诗总案》卷一五：“熙宁十年丁巳八月，闾丘公显过彭城，作《浣溪沙》词。”

注释

- **闾丘朝议：** 即闾丘孝终。《苏轼诗集》卷一一《苏州闾丘、江君二家雨中饮酒二首》查慎行注：“范成大《吴郡志》：‘闾丘孝终，字公显，郡人。’”朝议，即朝议大夫，隋朝始置，属散官，取汉诸大夫得上奉朝议为名，唐宋因之。
- **“一别”句：** 姑苏，指苏州。朱祖谋《东坡乐府》卷一：“案公甲寅有《苏州闾丘江君二家饮酒》诗，至丁巳，故云‘一别四年’也。”
- **南浦：** 南面的水边，后多泛指送别之地。战国·屈原《楚辞·九歌·河伯》：“子交手兮东行，送美人兮南浦。”

水中仙： 词人借唐人《湘中怨》传奇中水仙与恋人重见之典表现自己重见日思夜盼的友人的喜悦。

杏丹： 晋 · 葛洪《神仙传》卷十："董奉者，字君异，侯官县人也。……又君异居山间，为人治病，不取钱物。使人重病愈者，使栽杏五株，轻者一株，如此数年，计得十万余株，郁然成林。……君异在民间仅百年，乃升天，其颜色如年三十时人也。"

◎临江仙

送李公恕

自古相从休务日，何妨低唱微吟。天垂云重作春阴。坐中人半醉，帘外雪将深。

闻道分司狂御史，紫云无路追寻。凄风寒雨更骎骎。问囚长损气，见鹤忽惊心。

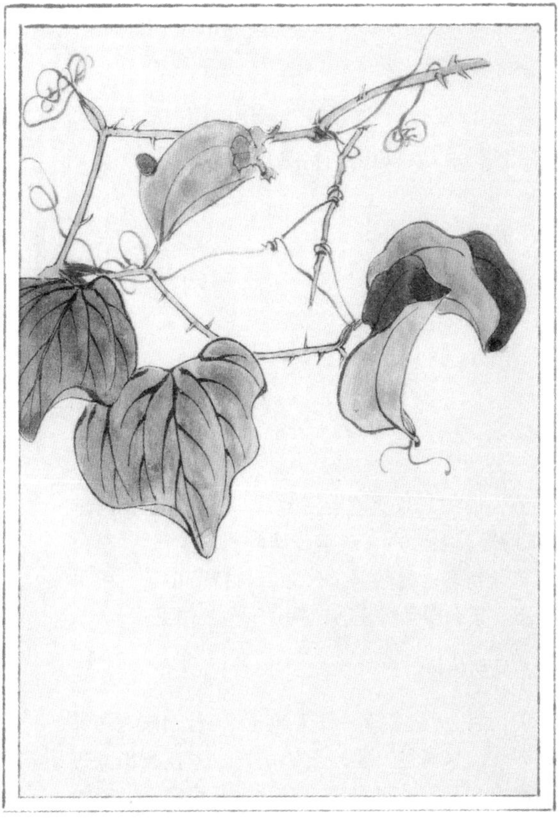

题解

宋神宗元丰元年（1078）正月作于徐州。朱祖谋《东坡乐府》卷一："案《诗集》，元丰元年正月，有《送李公恕赴阙》诗。词编戊午（1078）。"此词名为送别之作，而叙写的主要内容却是仕宦生活，这种作法是比较少见的。

注释

- **李公恕：**名察，时为京东西路转运判官，召赴汴京，路过徐州。《苏轼诗集》卷一六《送李公恕赴阙》施注："李公恕时为京东转运判官，召赴阙。公恕一再持节山东，子由亦有诗送行云：'幸公四年持使节，按行千里长相见。'"
- **休务：**休假，又称休沐。
- **"闻道"二句：**孟棨《本事诗·高逸第三》："杜（牧）为御史，分务洛阳时，李司徒（愿）罢镇闲居，声伎豪华，为当时第一。洛中名士，咸谒见之。李乃大开筵席，当时朝客高流，无不臻赴。以杜持宪，不敢邀置。杜遣座客达意，愿与斯会。李不得已，驰书。方对花独酌，亦已酣畅，闻命遽来。时会中已饮酒，女奴百余人，皆绝艺殊色。杜独坐南向，瞪目注视，引满三卮，问李云：‘闻有紫云者，孰是？’李指示之。杜凝睇良久，曰：‘名不虚传，宜以见惠。’李俯而笑，诸妓亦皆回首破颜。杜又自饮三爵，朗吟而起曰：‘华堂今日绮筵开，谁唤分司御史来？忽发狂言惊满座，两行红粉一时回。’意气闲逸，旁若无人。”此以李公恕比李愿，而以杜牧自喻。

- **骎（qīn）骎：**马行疾速貌。此指时日匆匆消逝。南朝梁·萧纲《纳凉》诗：“斜日晚骎骎，池塘生半阴。”

- **问囚长损气：**问囚，审问断狱等公务。苏轼《熙宁中轼通守此郡除夜直都厅囚系皆满日暮不得返舍因题一诗于壁》：“除日当早归，官事乃见留。执笔对之泣，哀此系中囚。小人营糇粮，堕网不知羞。我亦恋薄禄，因循失归休。不须论贤愚，均是为食谋。谁能暂纵遣，闵默愧前修。”损气，为官务所累，损伤身心。

- **见鹤忽惊心：**紧承上句，说出了不能退隐之苦衷。苏轼《鹤叹》诗云：“戛然长鸣乃下趋，难进易退我不如。”

◎浣溪沙

徐门石潭谢雨，道上作五首。潭在城东二十里，常与泗水增减，清浊相应。

照日深红暖见鱼，连村绿暗晚藏乌。黄童白叟聚睢盱。

麋鹿逢人虽未惯，猿猱闻鼓不须呼。归来说与采桑姑。

题解

宋神宗元丰元年（1078）初夏，作于徐州。傅藻《东坡纪年录》：“元丰元年戊午，公在徐州。三月……春旱，置虎头石潭中，作《起伏龙行》。谢雨道中，作《浣溪沙》。”

注释

- **“徐门”五句：**石潭，《起伏龙行》序：“徐州城东二十里有石潭，父老云：‘与泗水通，增损清浊，相应不差，时有河鱼出焉。’元丰元年春旱，或云置虎头潭中，可以致雷雨。用其说，作《起伏龙行》。”谢雨，天旱降雨后设祭以谢神。泗水，指古泗水。源出今山东泗水县东蒙山南麓，四源并发，故名。流入今江苏，经徐州东北，最终注入淮河。全长一千数百里，是淮河下游第一大支流。
- **绿暗晚藏乌：**绿暗，形容树木枝繁叶茂、浓密有致。藏乌，与“藏鸦”同意。古乐府《读曲歌》：“暂出白门前，杨柳可藏乌。”

“黄童”句： 黄童白叟，黄发幼童和白发老人。唐·韩愈《元和圣德》诗：“黄童白叟，踊跃欢呀。”睢盱（huī xū），欢乐的样子。

“麋鹿”句： 麋鹿，俗名“四不像”。未惯，麋鹿未见过人声鼎沸的场面，故而怯怯的，不敢走近。

“猿猱”句： 猱，猿类动物。唐·李白《蜀道难》诗：“猿猱欲度愁攀援。”鼓，指谢雨仪式上的乐鼓声。不须呼，用不着召唤。是说猿猱一听敲鼓便不请自来。

◎又

簌簌衣巾落枣花，村南村北响缫车。牛衣古柳卖黄瓜。

酒困路长惟欲睡，日高人渴漫思茶。敲门试问野人家。

题解

宋神宗元丰元年（1078）初夏作于徐州。词人在词中生动而形象地展示出了一幅美好恬淡、韵味深长的初夏乡村田园之美景。

注释

- **“簌簌”句：** 形容枣花连续不断打落在衣巾上。此句为倒装句，即“枣花簌簌落衣巾”。
- **缫车：** 即缫丝车，有手摇转轮，用以收丝。“缫”与“缲”通，音骚。唐·王建《田家行》诗：“五月虽热麦风清，檐头索索缫车鸣。”
- **牛衣：** 用乱麻或蓑草编织而成，因为多用来披在牛身上，让牛御寒过冬，故称。这里指披着牛衣的乡下人。披牛衣是为了遮挡太阳的照晒。《汉书》卷七六《王章传》：“ 章疾病，无被，卧牛衣中。”
- **酒困：** 因喝了酒而感到困倦。
- **漫思茶：** 不由得想饮茶。唐·皮日休《闲夜酒醒》诗：“酒渴漫思茶。”
- **野人：** 以乡野之人喻指农民。

◎永遇乐

彭城夜宿燕子楼，梦盼盼，因作此词。

明月如霜，好风如水，清景无限。曲港跳鱼，圆荷泻露，寂寞无人见。紞如三鼓，铿然一叶，黯黯梦云惊断。夜茫茫、重寻无处，觉来小园行遍。

天涯倦客，山中归路，望断故园心眼。燕子楼空，佳人何在，空锁楼中燕。古今如梦，何曾梦觉，但有旧欢新怨。异时对，黄楼夜景，为余浩叹。

题解

宋神宗元丰元年（1078）十月作于徐州。王文诰《苏诗总案》卷一七：元丰元年戊午八月十一日黄楼成，十月十五日“观月黄楼，席上次韵。梦登燕子楼。翌日往寻其地，作《永遇乐》词”。词中形象地记述了词人的梦境和梦醒后的惆怅情怀及复杂思绪。

注释

“彭城”二句：彭城，指徐州。燕子楼，唐贞元年间，张愔守彭城时为其爱妾关盼盼所建之楼。盼盼，唐代名妓，工部尚书张愔妾。唐·白居易《燕子楼三首》序：“徐州故张尚书（按指张愔）有爱妓曰盼盼，善歌舞，雅多风态。予为校书郎时，游徐、泗间。张尚书宴予，酒酣，出盼盼以佐欢。欢甚，予因赠诗云：‘醉娇胜不得，风袅牡丹花。’一欢而去。尔后绝不相闻，迨兹仅一纪矣。昨日，司勋员外郎张仲素绘之访予，因吟新诗，有《燕子楼三首》，词甚婉丽。诘其由，为盼盼作也。绘之从事武宁军累年，颇知盼盼始末，云：‘尚书既殁，归葬东洛，而彭城有张氏旧第，第中有小楼名燕子。盼盼念旧爱而不嫁，居是楼十余年，幽独块然，于今尚在。'”

- **“明月”二句：**明月如霜，月色明亮，皎洁如霜。唐·白居易《燕子楼三首》其一诗：“满窗明月满帘霜，被冷灯残拂卧床。燕子楼中霜月夜，秋来只为一人长。”傅注：“李频月诗：‘看共雪霜同。’”好风如水，秋风清凉如水。傅注：“清风如水。宋玉曰：‘其风也，清清泠泠。’”

- **“曲港”二句：**词人梦中所见燕子楼的情景。曲池鱼跃，风动荷叶，露珠滚落。唐·白居易《东林寺白莲》诗：“泻露玉盘倾。”

- **“紞（dǎn）如”三句：**紞如，击鼓声。三鼓，三更天的鼓声。《晋书》卷九〇《邓攸传》：“郡常有送迎钱数百万，攸去郡，不受一钱。百姓数千人留牵攸船，不得进，攸乃小停，夜中发去。吴人歌之曰：‘紞如打五鼓，鸡鸣天欲曙。邓侯拖不留，谢令推不去。’”铿然，本指金石声，此指在寂静的夜里落叶触地有声。梦云，战国·宋玉《高唐赋》谓楚王游高唐之观，梦见巫山神女，神女自称“旦为朝云，暮为行雨”。此处借指梦见盼盼。惊断，惊醒而梦断。

- **“天涯”三句：**言自己客居天涯，厌倦宦游，而又无法走上退归山林之路，所以心系故园，望眼欲穿。望断，极目远眺。故园，故乡。唐·杜甫《春日梓州登楼二首》其二诗：“天畔登楼眼，随春入故园。”

- **“燕子”三句：**写张愔、关盼盼事，言盼盼早已不在，燕子楼故迹空存。抒发人去楼空、世易时移的感慨。
- **“古今”三句：**古，指燕子楼情事。今，指自己在徐州望断故园事。《庄子·大宗师》：“吾特与汝，其梦未始觉者邪。”
- **“异时”三句：**若干年后，人们看到黄楼夜景，会对我今日凭楼浩叹的情景发出新的感叹。苏轼《送郑户曹》诗：“荡荡清河堧，黄楼我所开。秋月堕城角，春风摇酒杯。迟君为座客，新诗出琼瑰。楼成君已去，人事固多乖。他年君倦游，白首赋归来。登楼一长啸，使君安在哉。”与此词构思相同。异时，他年，将来。对，面对。黄楼，彭城东门的城楼，熙宁十年大水之后，为苏轼所改建。按照中国传统的说法，黄色代表土，土能克水，故名。

◎千秋岁

徐州重阳作

浅霜侵绿。发少仍新沐。冠直缝，巾横幅。美人怜我老，玉手簪金菊。秋露重，真珠满袖沾余馥。

坐上人如玉。花映花奴肉。蜂蝶乱，飞相逐。明年人纵健，此会应难复。须细看，晚来明月和银烛。

题解

宋神宗元丰元年（1078）重九作于徐州。傅藻《东坡纪年录》：“元丰元年戊午，公在徐州，九月……又作《千秋岁》。”《苏轼文集》卷五一《与王定国（十二）》：“重九登栖霞楼，望君凄然，歌《千秋岁》，满座识与不识，皆怀君。遂作一词云：‘霜降水痕收……明日黄花蝶也愁。’其卒章，则徐州逍遥堂中夜与君和诗也。”苏轼《九日黄楼作》诗可参看，其中也描绘了“诗人猛士杂龙虎（自注：坐客三十余人，多知名之士），楚舞吴歌乱鹅鸭”的热闹场面。

注释

- **浅霜侵绿：**犹言两鬓灰白。唐·杜牧《阿房宫赋》：“绿云扰扰，梳晓鬟也。”
- **发少仍新沐：**头发虽稀少但仍然新沐，写出了参加盛会的欣喜之态。唐·杜甫《别常征君》诗：“白发少新洗，寒衣宽总长。”

○ **“冠直”二句：**冠直缝，戴上直缝的帽子。巾横幅，此指用幅巾横束头上。

○ **簪金菊：**头上插菊花，重阳习俗。簪，插，戴。唐·杜牧《九日齐山登高》诗：“尘世难逢开口笑，菊花须插满头归。”

○ **“秋露”二句：**菊花带露，故衣袖上沾着露珠余香。真珠，珍珠，此喻露珠。余馥，余香。

○ **人如玉：**指品行高洁的君子。《诗经·秦风·小戎》：“言念君子，温其如玉。”

○ **“花映”句：**赞美少年男子容颜美好，风度翩翩。花奴，唐玄宗侄子汝阳王李琎小字。

○ **“蜂蝶”二句：**借衬花朵之妍丽，暗喻盛会之热闹。

○ **“明年”二句：**言明年即使人康健，此会也不可再有。唐·杜甫《九日蓝田崔氏庄》诗：“明年此会知谁健？醉把茱萸子细看。”

○ **“须细”二句：**言当趁着晚来明月和银烛的亮光抓紧时间欣赏这“难复”的盛会上的一切。唐·李白《春夜宴从弟桃李园序》：“浮生若梦，为欢几何？古人秉烛夜游，良有以也。”

◎江城子

别徐州

天涯流落思无穷。既相逢，却匆匆。携手佳人，和泪折残红。为问东风余几许，春纵在，与谁同？

隋堤三月水溶溶。背归鸿，去吴中。回首彭城，清泗与淮通。欲寄相思千点泪，流不到，楚江东。

题解

宋神宗元丰二年（1079）三月作于徐州。王文诰《苏诗总案》卷一八：“（己未元丰二年）三月，告下，以祠部员外郎直史馆知湖州军州事，留别田叔通、寇元弼、石坦夫，作《江城子》词。”苏轼有《留别叔通、元弼、坦夫》诗可参看。苏轼自徐州移知湖州，留别之作，上片写惜别时的思绪，下片写别后的思念。

注释

- **“天涯”句：**忆起自己宦游漂泊，感慨万端。思，思虑。
- **“携手”二句：**佳人，指参加送别的徐州官妓。和泪，带着眼泪。残红，残花。唐·王建《宫词》诗：“树头树底觅残红，一片西飞一片东。”
- **“隋堤”句：**隋大业年间，杨广开邗沟，渠旁筑御道，植绿柳成行，后人称这段堤为隋堤。唐·白居易《隋堤柳》：“隋堤柳，岁久年深尽衰朽。……大业年中炀天子，种柳成行夹流水。西至黄河东至淮，绿阴一千三百里。”溶溶，春波荡漾貌。此句设想赴湖州途中舟行景色。

- **“背归”二句：** 鸿雁北归故居，而词人与雁行相反，故曰“背”。吴中，指湖州。湖州为后汉吴郡之地，三国时为吴兴郡郡治所在，本为古代吴国之地，故云吴中。
- **清泗：** 指泗水。泗水流入淮河。
- **“欲寄”句：** 宋·张君房《丽情集》：“灼灼，锦城官中奴，御史裴质与之善。裴召还，灼灼每遣人以软红绢聚红泪为寄。”
- **楚江东：** 谓吴中。唐·李白《望天门山》诗：“天门中断楚江开，碧水东流至此回。”

◎西江月

平山堂

三过平山堂下，半生弹指声中。十年不见老仙翁，壁上龙蛇飞动。

欲吊文章太守，仍歌杨柳春风。休言万事转头空，未转头时是梦。

题解

宋神宗元丰七年（1084）十月作于扬州。傅注本无题。明茅维编《苏东坡全集》题下有注："元丰七年过扬州。"明万历刊《重编东坡先生外集》题作"元丰七年过扬州"。孔凡礼《苏轼年谱》编元丰七年由黄州赴汝州时，谓十月"第三次过平山堂，赋《西江月》，怀欧阳修"。

注释

- **平山堂**：始建于宋仁宗庆历八年（1048），当时任扬州太守的欧阳修，极赏这里的清幽古朴，于此筑堂。坐此堂上，江南诸山，历历在目，似与堂平，平山堂因而得名。这里以欧阳修的平山堂比况张偓佺的快哉亭。
- **三过**：苏轼一过平山堂，《苏诗总案》认为是熙宁四年（1071）十月由汴京赴杭州时；二过平山堂，《总案》编在熙宁七年（1074）十月由杭州移密州时；三过平山堂，《总案》编在元丰二年（1079）四月，孔谱则编于元丰七年（1084）由黄州赴汝州时。由题解可知，当在元年七年。

- **弹指：** 极短的一瞬间。唐·释道世《法苑珠林》卷一引《僧祇律》："二十念为一瞬，二十瞬名一弹指，二十弹指名一罗预，二十罗预名一须臾，一日一夜有三十须臾。"
- **老仙翁：** 指欧阳修。傅注："老仙翁，谓文忠公也。"
- **龙蛇飞动：** 平山堂墙壁上留有欧阳修墨迹，笔势腾扬，如龙蛇翻舞。
- **"欲吊"句：** 欧阳修卒于熙宁五年，故云。文章太守，欧阳修有《朝中措》（平山阑槛倚晴空）词云："平山栏槛倚晴空，山色有无中。手种堂前垂柳，别来几度春风？文章太守，挥毫万字，一饮千钟。行乐直须年少，尊前看取衰翁。"
- **杨柳春风：** 想要凭吊欧阳修，却听到歌女又唱起欧词《朝中措》（平山阑槛倚晴空）。
- **"未转"句：** 言不仅死后万事皆空，即使活在世上也如一场大梦。苏轼《西江月》词："世事一场大梦，人生几度秋凉。"

◎南歌子

湖州作

山雨潇潇过，溪风浏浏清。小园幽榭枕蘋汀，门外月华如水彩舟横。

苕岸霜花尽，江湖雪阵平。两山遥指海门青，回首水云何处觅孤城。

题解

元丰五年（1082）三月作于黄州，详见下一首《南乡子》（日出西山雨）题解。

注释

- **湖州：**州府名，在今浙江湖州。《大清一统志》："湖州府，《禹贡》扬州之域，三国吴始于乌程置吴兴郡，唐置湖州，宋曰湖州吴兴郡。"
- **浏浏：**风疾貌。晋·潘岳《寡妇赋》："雪霏霏而骤落兮，风浏浏而夙兴。"
- **枕蘋汀：**枕，临，靠。《汉书》卷六四《严助传》："会稽东接于海，南近诸越，北枕大江。"蘋汀，长满蘋草的水边平地。蘋，草名，似萍而大。
- **苕岸霜花：**苕岸，苕溪两岸。《太平寰宇记》卷九四《江南东道·湖州·乌程县》："苕溪在县南五十步大溪是也，西从浮玉山，东至兴国寺，以其两岸多生芦苇，故名苕溪。"霜花，指苕花。苕花盛开，白如霜雪。

- **雪阵：**指潮水。涨潮时卷起的浪如白雪。
- **海门：**傅注：“钱塘江海门，夹在两山相对中。”
- **孤城：**指湖州。

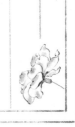

◎又

送行甫赴余姚

日出西山雨，无晴又有晴。乱山深处过清明，不见彩绳花板细腰轻。

尽日行桑野，无人与目成。且将新句琢琼英，我是世间闲客此闲行。

题解

宋神宗元丰五年（1082）三月作于黄州。傅本题作“送行甫赴余杭”。邹王本云:“朱祖谋认为系与同调‘山雨潇潇过’一词题目互误，即本词题应为‘湖州作’，遂将此词也编于元丰二年（1079）五月，作于湖州，并将与此词同调同韵的‘雨暗初疑夜’‘带酒冲山雨’两首词也附编为元丰二年同时作。”苏轼于元丰二年四月二十日至湖州，七月二十八日就因“乌台诗案”而押回汴京，未在湖州“过清明”，所以此词的词题也不应是“湖州作”。邹王本则编此三首词于元丰五年壬戌三月，认为这三首《南歌子》是元丰五年三月清明后苏轼去沙湖相田的时候所作，并非为送行甫赴余姚而作，也并非在湖州所作，今从是说。

注释

- **“无晴”句：** 唐·刘禹锡《竹枝词》：“东边日出西边雨，道是无晴却有晴。”“晴”谐音“情”。
- **彩绳花板：** 荡秋千的游戏。傅注：“彩绳花板，秋千戏也。”唐·王仁裕《开元天宝遗事》：“天宝宫中至寒食节，竞竖秋千，令宫嫔辈戏笑以为宴乐，帝呼为半仙之戏，都中士民因而呼之。”
- **目成：** 两心相悦，以目传情。战国·屈原《楚辞·九歌·少司命》：“满堂兮美人，忽独与余兮目成。”
- **琢琼英：** 雕琢美玉。这里比喻构思诗句。宋·苏辙《高邮别秦观三首》诗其二：“袖里清诗句琢冰。”
- **“我是”句：** 唐·杜牧《八月十二日得替后移居霅溪馆因题长句四韵》诗：“景物登临闲始见，愿为闲客此闲行。”

◎又

雨暗初疑夜，风回便报晴。淡云斜照著山明，细草软沙溪路马蹄轻。

卯酒醒还困，仙村梦不成。蓝桥何处觅云英，只有多情流水伴人行。

题解

宋神宗元丰五年三月作于黄州。此词与前词同韵同调。

注释

- **斜照著山明：** 南朝梁·朱超《对雨》诗：“落照依山尽，浮凉带雨来。”著，附着，增添。
- **马蹄轻：** 唐·王维《观猎》诗：“草枯鹰眼疾，雪尽马蹄轻。”
- **卯酒：** 清晨啜饮的酒。唐·白居易《醉吟》诗：“耳底斋钟初过后，心头卯酒未消时。”
- **仙村：** 汉·魏伯阳《周易参同契》：“得长生，居仙村。”苏轼《介亭饯杨杰次公》诗：“篮舆西出登山门，嘉与我友寻仙村。”
- **“蓝桥”句：** 唐·裴铏《传奇·裴航》载，唐穆宗长庆年间，落第秀才裴航出游后回京途中，遇到仙女樊夫人，赠诗曰：“一饮琼浆百感生，玄霜捣尽见云英。蓝桥便是神仙窟，何必崎岖上玉清。”后裴航过蓝桥驿，得遇云英，最终与云英成婚。入玉峰洞，逍遥自在，超为上仙。蓝桥，古驿站名。

◎又

带酒冲山雨，和衣睡晚晴。不知钟鼓报天明，梦里栩然胡蝶一身轻。

老去才都尽，归来计未成。求田问舍笑豪英，自爱湖边沙路免泥行。

题解

宋神宗元丰五年三月作于黄州。与“山雨潇潇过”“日出西山雨”“雨暗初疑夜”同韵同调。

注释

- **冲山雨：**顶着山雨赶路。
- **“和衣”句：**和衣，睡不解衣。晚晴，指傍晚雨后初晴。唐·杜甫《陪裴使君登岳阳楼》诗：“湖阔兼云雾，楼孤属晚晴。”
- **“不知”句：**唐·杜甫《偪侧行赠毕四曜》诗：“晓来急雨春风颠，睡美不闻钟鼓传。”
- **“梦里”句：**《庄子·齐物论》：“昔者庄周梦为胡蝶，栩栩然胡蝶也，自喻适志与！不知周也。俄然觉，则蘧蘧然周也。不知周之梦为胡蝶与，蝴蝶之梦为周与？周与胡蝶则必有分矣。此之谓物化。”
- **“老去”句：**唐·杜甫《寄彭州高三十五使君适虢州岑二十七长史参三十韵》诗：“老去才难尽，秋来兴甚长。”此处反其意而用之。

- **“归来”句：**老去而无法实现归隐之想。唐·郑谷《兴州江馆》诗：“向蜀还秦计未成，寒蛩一夜绕床鸣。”
- **求田问舍：**买房置地。
- **免泥行：**在湖边无泥处行走。唐·杜甫《到村》诗：“碧涧虽多雨，秋沙先少泥。”

◎渔家傲

七夕

皎皎牵牛河汉女，盈盈临水无由语。望断碧云空日暮。无寻处，梦回芳草生春浦。

鸟散余花纷似雨，汀洲蘋老香风度。明月多情来照户。但揽取，清光长送人归去。

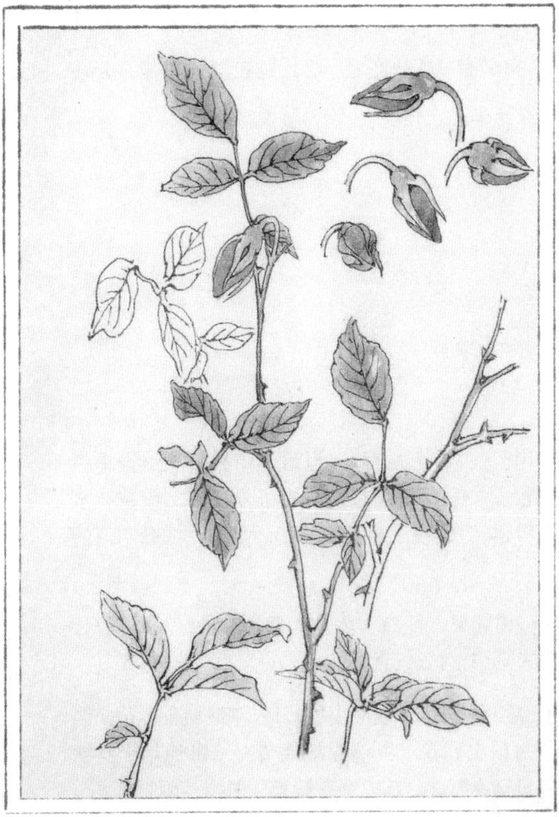

题解

宋神宗元丰二年（1079）七月作于湖州。朱祖谋《东坡乐府》卷一：“案词有‘汀洲蘋老’语，疑在湖州时作。公在湖州过七夕，惟元丰己未也。”

注释

- **“皎皎”二句：**《古诗十九首》（迢迢牵牛星）：“迢迢牵牛星，皎皎河汉女……河汉清且浅，相去复几许。盈盈一水间，脉脉不得语。”皎皎，明亮的样子。盈盈，清澈明洁的样子。
- **“望断”句：**南朝梁·江淹《休上人怨别》诗：“日暮碧云合，佳人殊未来。”碧云，青云。
- **“梦回”句：**晋·谢灵运《登池上楼》诗：“池塘生春草，园柳变鸣禽。”《南史》卷一九《谢惠连传》：“惠连年十岁能属文，族兄灵运嘉赏之，云‘每有篇章，对惠连辄得佳语’。尝于永嘉西堂思诗，竟日不就，忽梦见惠连，即得‘池塘生春草’，大以为工。”春浦，春日的水滨。

- **“鸟散”句：**南齐·谢朓《游东田》诗：“鱼戏新荷动，鸟散余花落。”唐·李贺《将进酒》诗：“况是青春日将暮，桃花乱落如红雨。”
- **“汀洲”句：**秋风吹过洲渚旁衰败的蘋草。宋玉《风赋》：“夫风生于地，起于青蘋之末。”

◎西江月

黄州中秋

世事一场大梦，人生几度新凉。夜来风叶已鸣廊，看取眉头鬓上。

酒贱常愁客少，月明多被云妨。中秋谁与共孤光，把盏凄然北望。

题解

绍圣四年（1097）中秋作于儋州。为苏轼到达贬所一个多月后所作。此词创作时地多有异说。一为黄州说，一为杭州说。据孔谱编年及词意，此词应作于儋州。

注释

- **“世事”句：** 人生如梦，虚幻无常。《庄子·齐物论》：“方其梦也，不知其梦也，梦之中又占其梦焉，觉而后知其梦也。且有大觉，而后知此其大梦也。”
- **“人生”句：** 唐·徐寅《人生几何赋》：“落叶辞柯，人生几何。”新凉，一年一秋称新凉。
- **“看取”句：** 秋色已上眉头双鬓。傅注：“正勤《落叶》诗：‘年年见衰谢，看即二毛侵。’”
- **“酒贱”二句：** 因被贬官，友人不敢往来；内心忠直，却常被佞臣毁谤。唐·李白《登金陵凤凰台》诗：“总为浮云能蔽日，长安不见使人愁。”
- **孤光：** 孤月。
- **凄然北望：** 凄然，忧伤悲凉的样子。北望，暗指汴京，其中交织着多维复杂的心绪。

◎少年游

端午赠黄守徐君猷

银塘朱槛曲尘波，圆绿卷新荷。兰条荐浴，菖花酿酒，天气尚清和。

好将沉醉酬佳节，十分酒、一分歌。狱草烟深，讼庭人悄，无吝宴游过。

题解

宋神宗元丰四年（1081）五月五日作于黄州。傅藻《东坡纪年录》："元丰四年辛酉端午，作《少年游》赠徐君猷。"此为东坡贬黄州后的第二个端午节，过徐君猷饮作。

注释

- **徐君猷：**名大受，建安（今福建建瓯）人，时任黄州太守，与苏轼甚相得。元丰六年（1083）六月去任，未几卒于途中，苏轼为文悼之。
- **"银塘"句：**银塘朱槛，银亮的池塘，红色的栏杆。曲尘，曲上生菌，色淡黄如尘。《周礼·天官·内司服》："曲衣"郑玄注："黄桑服也，色如曲尘，象桑叶始生。"
- **兰条荐浴：**用兰叶泡水洗浴。战国·屈原《九歌·云中君》："浴兰汤兮沐芳，华采衣兮若英。"
- **菖花：**即菖蒲花。菖，即菖蒲，开淡黄色花朵，有香气，根茎可入药。旧俗端午节浴兰汤、饮菖蒲酒，可除病邪。南朝梁·宗懔《荆楚岁时记》："端午，以菖蒲一寸九节者泛酒，以辟瘟气。"傅注："近世五月五日，必以菖蒲渍酒而饮，谓之饮浴。"

- **清和：**清明和暖。南朝宋·谢灵运《游赤石进帆海》诗：“首夏犹清和，芳草亦未歇。”
- **“好将”句：**只管用酩酊大醉来酬答这端午的良辰佳节。唐·杜牧《九日齐山登高》诗：“但将酩酊酬佳节，不用登临恨落晖。”
- **“狱草”三句：**赞徐君猷治黄州有政绩，政简刑轻，狱中无囚犯而草深，讼庭少诉讼而寂静，空闲时不妨相从宴游。无吝，不惜，何妨。《北史·刘旷传》：“在职七年，风教大洽，狱中无系囚，诤讼绝息，囹圄皆生草，庭可张罗。”

◎浣溪沙

十二月二日雨后微雪，太守徐君猷携酒见过，坐上作浣溪沙三首。明日酒醒，雪大作，又作二首。

覆块青青麦未苏，江南云叶暗随车。临皋烟景世间无。

雨脚半收檐断线，雪床初下瓦跳珠。归来冰颗乱黏须。

题解

宋神宗元丰五年（1082）十二月二日作于黄州临皋亭。傅注本题后有“时元丰五年也”。《东坡纪年录》《苏诗总案》均编于元丰四年，后吴雪涛《苏词编年考辨两则》编于元丰五年，今从吴说。

注释

- **“覆块”句：**谓土地已被长出来的麦苗掩盖。覆块，盖在土壤之上。
- **云叶暗随车：**飘忽的流云随着车子而来。
- **临皋：**亭名。《名胜志》：“临皋馆在黄州朝宗门外，其上有快哉亭，县令张梦得建。”
- **雨脚：**像线一样细密的雨点。唐·杜甫《茅屋为秋风所破歌》诗：“床头屋漏无干处，雨脚如麻未断绝。”
- **雪床：**雪珠。傅注：“霰雪如珠。”
- **冰颗乱黏须：**冰颗粒散乱地粘在胡须上。

◎又

雪里餐毡例姓苏，使君载酒为回车。天寒酒色转头无。

荐士已闻飞鹗表，报恩应不用蛇珠。醉中还许揽桓须。

题解

宋神宗元丰五年（1082）十二月二日作于黄州。叙写东坡与徐君猷的深刻的友谊。

注释

- **“雪里”句：**以苏武饮雪吞毡之典喻自己之处境。《汉书》卷五四《苏武传》：“律知武终不可胁，白单于。单于愈益欲降之，乃幽武，置大窖中，绝不饮食。天雨雪，武卧啮雪与旃毛并咽之，数日不死。匈奴以为神，乃徙武北海上无人处，使牧羝，羝乳乃得归。”
- **回车：**回转其车。
- **酒色：**脸上之醉容。
- **鹗表：**推荐人才的表章。汉·孔融《荐祢衡表》：“鸷鸟累百，不如一鹗。使衡立朝，必有可观。”
- **蛇珠：**汉·刘安《淮南子》卷六《览冥训》：“譬如隋侯之珠，和氏之璧，得之者富，失之者贫。”高诱注：“隋侯见大蛇伤断，以药傅之，后蛇于江中衔大珠以报之，因曰隋侯之珠，盖明月珠也。”这里用蛇珠报恩比喻东坡深记徐君猷之恩德，无以为报。

揽桓须：此用谢安捋桓伊胡须典故，表示对君猷荐己于朝的感激。《晋书》卷八一《桓伊传》：“时谢安女婿王国宝专利无检行，安恶其为人，每抑制之。及孝武末年，嗜酒好内，而会稽王道子昏蒈（yòng）尤甚，惟狎昵谄邪，于是国宝谗谀之计稍行于主相之间。而好利险诐之徒，以安功名盛极，而构会之，嫌隙遂成。帝召伊饮宴，安侍坐。帝命伊吹笛。伊神色无迕，即吹为一弄，乃放笛云：‘臣于筝分乃不及笛，然自足以韵合歌管，请以筝歌，并请一吹笛人。’帝善其调达，乃敕御妓奏笛。伊又云：‘御府人于臣必自不合，臣有一奴，善相便串。’帝弥赏其放率，乃许召之。奴既吹笛。伊便抚筝而歌《怨诗》曰：‘为君既不易，为臣良独难。忠信事不显，乃有见疑患。周旦佐文武，《金縢》功不刊。推心转王政，二叔反流言。’声节慷慨，俯仰可观。安泣下沾衿，乃越席而就之，捋其须曰：‘使君于此不凡！’帝甚有愧色。”

◎又

半夜银山上积苏，朝来九陌带随车。涛江烟渚一时无。

空腹有诗衣有结，湿薪如桂米如珠。冻吟谁伴捻髭须。

题解

宋神宗元丰五年（1082）十二月三日作于黄州。十二月三日，酒醒，雪大作，仍用前韵作此词。

注释

- **积苏：**聚积的柴草。傅注：“《诗苑》：刘师道《雪诗》：‘三千世界银成色，十二楼台玉作层。’《列子》：‘穆王游化人之宫，实以为清都、紫微、钧天、广乐，帝之所居。王俯而视之，其宫榭若累块积苏焉。’”
- **九陌带随车：**在大雪满布的街道上，车子行过后，印下了一条深深的辙印，如缟带一般。陌，街道。唐·韩愈《咏雪赠张籍》诗：“随车翻缟带，逐马散银杯。”
- **烟渚：**雾气笼罩下的小沙洲。唐·孟浩然《宿建德江》诗：“移舟泊烟渚，日暮客愁新。”
- **“空腹”句：**衣衫褴褛，忍冻挨饿写诗。《晋书》卷九四《隐逸传》：“董京，字威辇，不知何郡人也。初与陇西计吏俱至洛阳，被发而行，逍遥吟咏，常宿白社中。时乞于市，得残碎缯絮，结以自覆，全帛佳绵则不肯受。或见推排骂辱，曾无怒色。”

- **“湿薪”句：**雪后柴米价格昂贵。《战国策》卷一六《楚策三》：苏秦对楚王曰：“楚国之食贵于玉，薪贵于桂，谒者难得见如鬼，王难得见如天帝。”
- **捻髭须：**作诗时习惯性动作，用手拈须。傅注：“王维诗：‘平旦东风骑蹇驴，旋呵冻手暖髭须。’唐·卢延让《苦吟》：‘吟安一个字，捻断数茎须。’”此言意为：寒冷的夜晚又有谁伴我吟诗呢？

◎又

万顷风涛不记苏，雪晴江上麦千车。但令人饱我愁无。

翠袖倚风萦柳絮，绛唇得酒烂樱珠。尊前呵手镊霜须。

题解

宋神宗元丰五年（1082）十二月三日作于黄州。全词寄寓了作者于雪后的美好愿景，亦有对民生疾苦的深深关切。

注释

- **“万顷”句：** 傅注：“旧注云：‘公有薄田在苏，今岁为风涛荡尽。’”苏指姑苏。
- **麦千车：** 瑞雪兆丰年，此以大雪喻明年“麦千车”，有丰收之寄望。
- **“但令”句：** 只要百姓吃饱，我的忧愁便消除了。唐·杜甫《茅屋为秋风所破歌》诗：“吾庐独破受冻死亦足！”
- **“翠袖”二句：** 此为回忆昨天酒宴的情景。柳絮，喻指纷飞的雪花。南朝宋·刘义庆《世说新语·言语》：“谢太傅寒雪日内集，与儿女讲论文义。俄而雪骤，公欣然曰：‘白雪纷纷何所似？’兄子胡儿曰：‘撒盐空中差可拟。’兄女曰：‘未若柳絮因风起。’公大笑乐。”绛唇，红唇。樱珠，形容歌女如樱桃般小而红的嘴唇。烂，鲜亮明艳。
- **“尊前”句：** 在酒筵歌席间，呵着冰冷的手，捻着霜白的胡须，感慨万端。

图书在版编目（CIP）数据

一蓑烟雨任平生：苏轼词. 上 / (加) 叶嘉莹主编；陆有富注. -- 北京：台海出版社, 2024.1
ISBN 978-7-5168-3650-7

Ⅰ.①一… Ⅱ.①叶… ②陆… Ⅲ.①苏轼（1036-1101）-宋词-诗歌欣赏 Ⅳ.①I207.23

中国国家版本馆CIP数据核字(2023)第187414号

一蓑烟雨任平生：苏轼词·上

主　　编：(加) 叶嘉莹　　注　　者：陆有富

出 版 人：蔡　旭　　责任编辑：俞滟荣

出版发行：台海出版社
地　　址：北京市东城区景山东街 20 号　邮政编码：100009
电　　话：010-64041652（发行，邮购）
传　　真：010-84045799（总编室）
网　　址：www.taimeng.org.cn/thcbs/default.htm
E-mail：thcbs@126.com

经　　销：全国各地新华书店
印　　刷：北京中科印刷有限公司
本书如有破损、缺页、装订错误，请与本社联系调换

开　　本：787 毫米 ×1092 毫米　1 / 32
字　　数：393 千字　　印　　张：25.5
版　　次：2024 年 1 月第 1 版　　印　　次：2024 年 1 月第 1 次印刷
书　　号：ISBN 978-7-5168-3650-7

定　　价：198.00 元（全三册）